在死亡之中

Lawrence Block

勞倫斯・卜洛克 著
黃文君 譯

In the Midst of Death

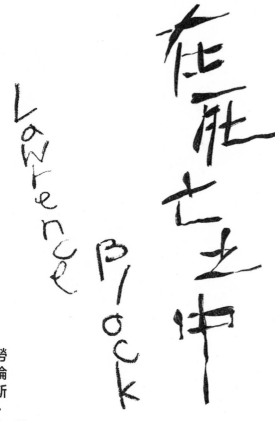

〈新版推薦序〉

關於我的朋友馬修．史卡德

有很長一段時間，遇上還沒讀過「馬修．史卡德」系列的友人詢問「該從哪一本開始讀？」或「你最喜歡、最推薦哪一本？」之類問題，我都會回答，「先讀《八百萬種死法》，我最喜歡《酒店關門之後》。」

如此答覆有其原因。

「馬修．史卡德」系列幾乎每一本都可以獨立閱讀——作者勞倫斯．卜洛克認為，即使是系列作品，每部作品都仍該是個完整故事，所以倘若故事裡出現已在系列中其他作品登場過的角色，卜洛克就會簡述來歷，沒讀過其他作品或許不會理解角色之間的詳細關係，不過不會對理解手頭這本的情節造成妨礙。事實上，這系列在二十世紀末首度被引介進入國內書市時，出版社選擇出版的第一本書，就不是系列首作《父之罪》，而是第五部作品《八百萬種死法》。

出版順序自然有編輯和行銷的考量，讀者不見得要照章行事，我的答案與當年的出版順序並無關聯，《八百萬種死法》也不是我第一本讀的本系列作品。建議先讀《八百萬種死法》，是因為我認為這本小說最適合用來當成某種測試，確認讀者是否已經到達「人生中適合認識史卡德」的時期；

倘若喜歡這本，約莫也會喜歡這系列的其他故事，倘若不喜歡這本，那大概就是時候未到——生命中的哪個階段會被哪樣的作品觸動，每個讀者狀況都不相同。

這樣的答覆方式使用多年，一直沒聽過負面回饋，直到某回聽到一名友人坦承，自己初讀《八百萬種死法》時，覺得這故事「很難看」。有意思的是，這名友人後來仍然成為卜洛克的書迷，讀完了整個系列。

概略討論之後，我發現友人覺得難看的主因在於情節——這個故事並未完全依循推理小說作者與讀者之間不言自明的默契，結局之前的轉折雖然合理，但拐彎的角度大得讓人有點猝不及防，有部分讀者會覺得自己沒能被說服接受。可是友人同時指出，史卡德這個主角相當吸引人——這系列故事主線均由史卡德的第一人稱主述敘事，所以這也表示整個故事讀來會相當吸引人。能夠吸引讀者、呼應讀者自身的生命經驗、讓讀者打從心底關切的角色，總會讓讀者想要知道：這角色還會面對哪些事件，又會如何看待他所處的世界？

這是讓友人持續讀完整個系列的動力，也是我認為這本小說適合用來測試的原因——《八百萬種死法》是全系列中結局轉折最大的故事，也是完整奠定史卡德特色的故事。從這個故事開始認識史卡德，就像交了個朋友；而交了史卡德這個朋友，會讓人願意聽他訴說生命裡發生的種種故事。

約莫在友人同我說起這事的前後，我按著卜洛克原初的出版順序，重新閱讀「馬修．史卡德」系列，然後發現：倘若當初我建議朋友從首作《父之罪》開始讀，友人應該還是會成為全系列的忠實讀者，只是對情節和主角的感覺可能不大一樣。

史卡德登場

二十世紀的七〇年代，卜洛克讀了李歐納．薛克特的《論收賄》，這是薛克特與一名收賄的紐約警察一起完成的作品，內容講的就是那個警察的經歷。那是一名盡責任、有效率的警察，偵破不少案子，但同時也貪污收賄、經營某些不法生意。

卜洛克十五、六歲起就想當作家，他讀了很多偉大的經典作品，不過一開始並不確定自己該寫什麼；剛入行時他用筆名寫的是女同志和軟調情色長篇，市場反應不錯，六〇年代開始寫「睡不著覺的密探」系列，銷售成績也不差。七〇年代他與出版社商議要寫犯罪小說時，認為《論收賄》裡的警察或許能夠成為一個有趣的角色，只是他覺得自己比較習慣使用局外人的觀點敘事，沒什麼把握能寫好一個在警務體制裡工作的貪污警員。

於是卜洛克開始想像這麼一個角色：這個人是名經驗老到的刑警，和老婆小孩一起住在市郊，有辦案的實績，也沒放過收賄的機會；某天下班，這人為了阻止一樁酒吧搶案而掏槍射擊，但跳彈意外殺死了一個街邊的女孩。誤殺事件讓這人對自己原來的生活模式產生巨大懷疑，加劇了喝酒的習慣、與妻子分居、獨自住在旅館，偶爾依靠自己過往的技能接點委託維持生計，但沒有申請正式的偵探執照，而且習慣損出固定比例的收入給教堂……

真實人物的遭遇加上小說家的虛構技法，馬修．史卡德這個角色如此成形。

一九七六年，《父之罪》出版。

一名女性在紐約市住處遭人殺害，嫌犯渾身浴血、衣衫不整地衝到街上嚷嚷之後被捕，兩天後在獄中上吊身亡。女孩的父親從紐約州北部的故鄉到紐約市辦理後續事宜，聽了事件經過後找上史卡德——就警方的角度來看這起案件已經偵結，這名父親也不大確定自己還想做什麼，他與女兒幾年來鮮少聯絡，甫知女兒死訊，才想搞清楚女兒這幾年如何生活、為什麼會遇上這種事。警方不會處理這類問題，於是把他轉介給曾經當過警察、現已離職獨居的史卡德。

以情節來看，《父之罪》比較像刻板印象中的推理小說：偵探接受委託，找出凶案的真正因由。這個故事同時確立了系列案件的基調——會找上史卡德的案子可能是警方認為不需要處理的，或者是當事人因故無法、或不願交給警方處理的；而史卡德做的不僅是找出真凶，還會在偵辦過程裡挖掘出隱在角色內裡的某些物事，包括被害者、凶手，甚至其他相關人物。

緊接著出版的《在死亡之中》和《謀殺與創造之時》都仍維持類似的推理氛圍，不同的是卜洛克對史卡德的描寫越來越多。史卡德的背景設定在首作就已經完整說明，卜洛克增加的是史卡德處理事件過程的生活細節——他對罪案的執拗、他與酒精的糾纏、他和其他角色的互動，以及他在紐約憑藉公車、地鐵、偶爾駕車或搭車但大多依靠雙腿四處行走查訪當中的所見所聞，這些細節累疊在原先的背景設定上，逐漸讓史卡德越來越立體，越來越真實。

史卡德曾是手腳不算乾淨的警員，他知道這麼做有違規範，但也認為這麼做沒什麼不對——有缺陷的是制度，他只是和所有人一樣，設法在制度底下找到生存的姿態。這使得史卡德成為一個特殊的冷硬派偵探——這類角色常以譏誚批判的眼光注視社會，史卡德也會，但更多時候這類譏誚會轉為自嘲，因為他明白自己並不比其他人更好，這類角色常面不改色地飲用烈酒，史卡德也會，但酒精因而成為一種將他拽開常軌的誘惑，摧折身體與精神的健康；這類角色心中都會具備一套自己的道德判準，史卡德也會，而且雖然嘴上不說，但他堅持的力道絕不遜於任何一個硬漢。

我私心將一九七六年到一九八一年的四部作品劃歸為系列的「第一階段」。這四部作品的情節不只呈現了偵查經過，也替史卡德建立了鮮明的形象——作家替角色設定的個性與特質會決定角色面對衝突時的反應，而讀者會從這些反應推展出現的情節理解角色的個性與特質。史卡德並非完人，沒有超凡的天才，反倒有不少常人的性格缺陷，對善惡的標準似乎難以解釋，但他面對罪惡的態度會讓讀者清楚地感知那個難以解釋的核心價值。

讀者越來越了解史卡德——他不是擁有某些特殊技能、客觀精準的神探，他就是個試著盡力解決問題的凡人。或許卜洛克也越寫越喜歡透過史卡德去觀察世界——因為他寫了《八百萬種死法》。

反正每個人都會死，所以呢？

《八百萬種死法》一九八二年出版。

打算脫離皮肉生涯的妓女透過關係找上史卡德，請史卡德代她向皮條客說明。皮條客的行為模式與眾不同，尋找時花了點工夫，找上後倒沒遇到什麼麻煩；皮條客很乾脆地答應，但幾天之後，史卡德發現那名妓女出了事。史卡德已經完成委託，後續的事理論上與他無關，可是他無法放手，認為這事八成是言而無信的皮條客幹的；他試著再找皮條客，雖然不確定找上後自己要做什麼，不料皮條客先聯絡他，除了聲明自己與此事毫無關聯，並且要雇用史卡德查明真相。

在妓女出現之前，史卡德做的事不大像一般的推理小說；接下皮條客的委託之後，史卡德的工作方式則與前幾部作品一樣，不是推敲手上的線索就看出應該追查的方向，而是透過皮條客手下的其他妓女以及史卡德過往在黑白兩道建立的人脈，扎扎實實地四處查訪。因此之故，《八百萬種死法》有不少篇幅耗在史卡德從紐約市的這裡到那裡，敲門按電鈴，問問這個問問那個；其他篇幅一部分用來講述史卡德的生活狀況——主要是他日益嚴重的酗酒問題，酒精已經明顯影響他的神智和健康，但他對戒酒無名會那種似乎大家聚在一起取暖的進行方式嗤之以鼻，另一部分則記述了史卡德從媒體或對話裡聽聞的死亡新聞。

《八百萬種死法》的書名源於當時紐約市有八百萬人口，每個人可能都有不同的死亡方式；這些死亡事件與史卡德接受的委託沒有關係，史卡德也沒必要細究每樁死亡背後是否藏有什麼祕密。如此安排容易讓讀者覺得莫名其妙——我要看史卡德怎麼查線索破案子，卜洛克你講這些無關緊要的東西做什麼？不過讀者也會慢慢發現：這些插播進來的死亡新聞，讀起來會勾出某些古怪的反應，有時是深沉的慨嘆，有時是苦澀的笑意。它們大多不是自然死亡，有的根本不該牽扯死亡——例如有人扛回被丟棄的電視機想修好了自己用，結果因電視機爆炸而亡，這幾乎有種荒謬的喜感——讀者認為它們「無關緊要」，是因它們與故事主線互不相涉，但對它們的當事人而言，那是生命的瞬間消逝，可一點都不「無關緊要」。

是故，這些死亡準確地提出一個意在言外的問題：反正每個人都會死，所以呢？每個人如何迎來生命終點都無法預料，甚至不可理喻，沒有善惡終報的定理，只有無以名狀的機運；在這樣的世界裡，執著地追究某個人的死亡，有沒有意義？或者，以史卡德的處境來說，遠離酒精，讓自己清醒地面對痛苦，有沒有意義？

推理故事大多與死亡有關。古典和本格派將死亡案件視為智力遊戲，是偵探與凶手、讀者與作者之間鬥智的謎題；冷硬和社會派利用死亡案件反映社會與人的關係，什麼樣的環境會讓人做出什麼樣的掙扎，什麼樣的時代會讓人犯下什麼樣的罪行。其實，推理故事一直是最適合用來揭示人性的故事，因為要查明一個或數個角色的死因，調查會以死者為圓心向外輻射，觸及與死者有關的其他角色，釐清他們與死者的關係、死亡對他們的影響、拼湊死者與他們的過往，這些調查會顯露角色們的個性，死因與行凶動機往往就埋在這些人性糾葛之中。

《八百萬種死法》不只是推理小說，還是一部討論「人該怎麼活著」的小說。

「馬修．史卡德」是個從建立角色開始的系列，而《八百萬種死法》確立了這個系列的特色，這些故事不僅要破解死亡謎團、查出凶手，也要從罪案去談人性。

我們終將孤獨

在《八百萬種死法》之後，卜洛克有幾年沒寫史卡德。

據聞《八百萬種死法》本來可能是系列的最後一個故事，從故事的結尾也讀得出這種味道——史卡德解決了事件，也終於直視自己的問題，讓系列在劇末那個悸動人心的橋段結束，是個合理的選擇，也是個漂亮的收場——不過從隔了四年、一九八六年出版的《酒店關門之後》來看，卜洛克還想繼續以史卡德的視角看世界，沒有馬上寫他的故事，可能是自己的好奇還沒尋得答案。

因為大家都知道，故事會有該停止的段落，角色做完了該做的事、有了該有的領悟；但在現實生活裡，時間不會停在「全書完」三個字出現的那一頁，就算人生因為某些事件而轉往新方向，等在眼前的也不會是一帆風順「從此幸福快樂」的日子。卜洛克的好奇或許是：在史卡德直視自身問題、做了重要決定之後，他還是原來設定的那個史卡德嗎？那個決定會讓史卡德的生活出現什麼變化？那些變化是否會影響史卡德面對世界的態度？

倘若沒把這些事情想清楚就動手寫續作，大約會出現兩種可能：一是動搖前五部作品建立的系列基調——既然卜洛克喜歡這個角色，那麼就會避免這種情況發生；二是保持了系列基調但破壞了《八百萬種死法》那個完美結局的力道——真是如此的話，不如乾脆結束系列，換另一個主角講故事。

《酒店關門之後》是卜洛克思考之後的第一個答案。

這個故事裡出現三樁不同案件，發生在《八百萬種死法》之前。案件之間乍看並不相干（不過後來發現其中兩起有點關聯），史卡德甚至不算真的在調查案件——第一樁案件是酒吧常客妻子被殺，史卡德被委任去找出兩名落網嫌犯的過往記錄，讓他們看起來更有殺人嫌疑；第二樁事件是另一家起酒吧帳本失竊，史卡德負責的是與竊賊交涉、贖回帳本，而非查出竊賊身分。至於第三樁事件，史卡德完全沒被指派工作，那是一樁搶案，史卡德只是倒楣地身處事發當時的酒吧裡頭，而且也沒被搶。

三樁案件各自包裹了不同題目，這些題目可以用「愛情」、「友誼」之類名詞簡單描述，但真要說明白它們內裡的複雜層次，卻常讓人找不著最合適的語彙。卜洛克擅長用對話表現角色個性和推進情節，因此故事讀來一向流暢直白；流暢直白不表示作家缺乏所謂的文學技法，因為《酒店關門之後》完全展現出這類文字的力量——倘若作家運用得宜，這類看似毫不花巧的文字其實能夠帶領讀者無限貼近這些題目的核心，將難以描述的不同面向透過情節精準展演。

同時，卜洛克也在《酒店關門之後》為自己和讀者重新回顧了史卡德的完整形象，他的私人生活，他的道德判準，以及酒精。《酒店關門之後》的案件都與酒吧有關，故事裡也出現了非常多酒吧——高檔的酒吧、簡陋的酒吧、給觀光客拍照留念的酒吧、熟人才知道的酒吧、正派經營的酒吧、非法營業的酒吧、具有異國風情的酒吧、屬於邊緣族群的酒吧。每個人都找得到自己應該歸屬、宛如個人聖殿的酒吧，每個人也都將在這樣的所在，發現自己的孤獨。

史卡德並非沒有朋友，但每個人都只能依靠自己孤獨地面對人生，不是沒有伴侶或好友的孤獨，而是有了伴侶和好友之後才會發現的孤獨，在酒店關門之後、喧囂靜寂之後，隔著酒精製造出來的矇矓迷霧，看見它切切實實地存在。事實上，喝酒與否，那個孤獨都在那裡，只是少了酒精，有時就會缺乏直視的勇氣；可是理解孤獨，便是理解自己面對人生的樣貌，有沒有酒精，這都是必要的人生課題。

同時，《酒店關門之後》確立了這系列的另一個特色。假若從首作讀起，讀者會知道系列故事按著時序發生，不過與現實時空的連結並不明顯——那是二十世紀七、八〇年代發生的事，至於確切是哪一年則不大要緊。不過《酒店關門之後》開場不久，史卡德便提及事件發生在很久之前、一九七五年，是過去的回憶，而結尾則說到時間已經過了十年，也就是故事裡「現在」的時空應當是一九八五年，約莫就是《酒店關門之後》寫作的時間。史卡德不像某些系列作品的主角那樣，似乎固定停留在某段時空當中，他和作者、讀者一起活在同一個現實裡頭。

再過三年，《刀鋒之先》在一九八九年出版，緊接著是一九九〇年的《到墳場的車票》。卜洛克準備答案所花的數年時間沒有白費，結束了在《酒店關門之後》的回顧，史卡德的時間繼續前進，他用一種與過去不大一樣的方式面對人生，但也維持了原先那些吸引人的個性特質。

在人間與黑暗共舞

從《八百萬種死法》至《到墳場的車票》是我私心分類的「第二階段」，卜洛克在這個階段重新整理了對角色的想法，讓史卡德成為一個更有血有肉、會隨著現實一起慢慢老去、仿若與讀者一同生活在現實的真實人物。而系列當中的重要配角在前兩階段作品中也已全數登場，史卡德的人生即將邁入新的篇章。

我認定的「馬修．史卡德」系列「第三階段」從一九九一年的《屠宰場之舞》開始，到一九九八年的《每個人都死了》為止，卜洛克在八年裡出版了六本系列作品，寫作速度很快，而且每個故事都很精采，人性描寫深刻厚實，情節絞揉著溫柔與殘虐。

雖說先前談到前兩階段共八部作品時一直強調角色塑造，但不表示卜洛克沒有好好安排情節。卜洛克的確認為角色很重要——他在講述小說創作的《小說的八百萬種寫法》中明確寫道：「幾乎所有讀者持續翻閱任何小說的主要原因，就是想知道接下來發生的事，讀者之所以在乎接下來發生的事，則是因為作者描寫人物性格的技巧。小說中的人物若有充分描繪，具有引起讀者共鳴與認同的力量，讀者就會想知道他們下場如何，並深深擔心他們的未來會不會好轉。」「馬修．史卡德」系列可以視為這番言論的實際作業成績。不過，同一本書裡，他也提及寫作之前應該重新閱讀，不是以讀者的眼光閱讀，而是以作者的洞察力閱讀。卜洛克認為這樣的閱讀不是可以學到某種公式，而是能夠培養出一些類似「直覺」的東西，知道創作某類小說時可以用什麼方式。

說得具體一點，「以作者的洞察力閱讀」指的不單是享受故事，而是進一步拆解故事，找出該故事的作者用什麼方法鋪排情節，如何埋設伏筆、讓氣氛懸疑，如何製造轉折、讓發展爆出意外。

開始寫「馬修・史卡德」系列時，卜洛克已經是很有經驗的寫作者；要寫犯罪小說之前，他已經拆解了不少相關類型的作品。史卡德接受的是檢調體制不想處理、或當事人不願交給體制處理的案件，這些案件不大可能牽涉某種國際機密或驚世陰謀，但往往蘊含隱在社會暗角、體制照料不到之處的幽微人性——而史卡德的角色設定，正適合挖掘這樣的內裡。

從《父之罪》開始，「馬修・史卡德」系列就是角色與情節的適恰結合，而在寫完前兩個階段、史卡德的形象穩固完熟之後，卜洛克從《屠宰場之舞》開始加重了情節的黑暗層面。《屠宰場之舞》出現性虐待受害者之後將其殺害、並且錄影自娛的殺人者，《行過死蔭之地》出現綁架、性侵，並以切割被害者肢體為樂的凶手，《一長串的死者》裡一個祕密俱樂部驚覺成員有超過正常狀況的死亡機率，《向邪惡追索》中的預告殺人魔似乎永遠都有辦法狙殺目標。

這些故事都有緊張、刺激、驚悚、駭人的橋段，而在經營更重口味情節的同時，卜洛克持續讓史卡德面對自己的人生課題——前女友罹癌、要求史卡德協助她結束生命；原來已經穩固的感情關係，忽然出現了意想不到變化；調查案子的時候，自己也被捲入事件當中，更糟的是，自己的朋友也被捲入事件當中、甚至因此送命——諸如此類從系列首作就存在的麻煩，在第三階段一個都沒少。

史卡德在一九七六年的《父之罪》裡已經是離職警察，可以合理推測年紀可能在三十到四十之間，因此到一九九八年的《每個人都死了》為止，史卡德處於從三十多歲到接近六十歲的中壯年時期。在人生的這段時期當中，大多數人已經成熟、自立，有能力處理生活當中的大小物事，但也必須承受最多生活壓力——年長者的需求、年幼者的照料、日常經濟來源的提供、人際關係的維繫——而總也在這類時刻，一個人會發現自己並沒有因為年紀到了就變得足夠成熟或擁有足夠能力，毋需面對罪案，人生本身就會讓人不斷思索生存的目的，以及生活的意義。

「馬修．史卡德」系列的每一個故事，都在人間與黑暗共舞，用罪案反映人性，都用角色思考生命。

新世紀之後

進入二十一世紀，卜洛克放緩了書寫史卡德的速度。

原因之一不難明白：史卡德年紀大了，卜洛克也是。

卜洛克出生於一九三八年，推算起來史卡德可能比他年輕一點，或者同樣年紀。在歷經種種人生關卡、頻繁與黑暗對峙的九〇年代之後，史卡德的生活狀態終於進入相對穩定的時期，體力與行動力也逐漸不比以往。

原因之二也很明顯：九〇年代中期之後，網際網路日漸普及，犯罪事件利用網路及相關科技的比例也慢慢提高。卜洛克有自己的部落格、發行電子報，會用電腦製作獨立出版的電子書，也有臉書帳號，這表示他是個與時俱進的科技使用者，但不表示他熟悉網路犯罪的背後運作。要讓史卡德接觸這類罪案並無不可——早在一九九二年的《行過死蔭之地》裡，史卡德就結識了兩名年輕駭客，真要寫這類罪案，卜洛克想來也不會吝惜預做研究的功夫；但倘若不讓史卡德四處走動、觀察人間，那就少了這個系列原有的氛圍。

另一個原因則相對沒那麼醒目：卜洛克長年居住在紐約，世貿雙塔就是史卡德獨居的旅店房間窗景，二〇〇一年九月十一日發生在紐約的恐怖攻擊事件，對卜洛克和史卡德這兩個紐約客而言都是巨大的衝擊。卜洛克在二〇〇三年寫了獨立作品《小城》，描述不同紐約人對九一一的反應與後續生活；史卡德沒在系列故事裡特別強調這事，但更深切地思考了死亡——史卡德這角色是因為死亡才成形的，那樁跳彈誤殺街邊女孩的意外，把史卡德從體制內的警職拉扯出來，變成一個體制外孤獨抵抗人性黑暗的存在。過了二十多年，人生似乎步入安穩境地之際，世界的陡然巨變與個人的生理狀態，則提醒每個人：死亡非但從未遠去，還越來越近。而這也符合史卡德與許多系列配角的狀況，他們和史卡德一樣，都隨著時間無可違逆地老去。

「馬修．史卡德」系列的「第四階段」每部作品間隔都較「第三階段」長了許多。第一本是二〇〇一年《死亡的渴望》，這書與二〇〇五年的《繁花將盡》是本系列僅有「應該按順序閱讀」的作品。下一部作品是二〇一一年出版的《烈酒一滴》，不過談的不是二十一世紀的史卡德，而是《八百萬種死法》之後、《刀鋒之先》之前的史卡德——這兩本作品之間的《酒店關門之後》談的是一九七五年發生的往事，以時序來看，讀者並不知道史卡德在那段時間裡的狀況，那是卜洛克正在思索這個角色、史卡德正在經歷人生轉變的時點，《烈酒一滴》補上了這塊空白。

餘下的兩本都不是長篇作品。《蝙蝠俠的幫手》是短篇合集，可以讀到不同時期史卡德遭遇的事件，讀者會發現即使沒有夠長的篇幅，卜洛克一樣能夠巧妙地運用豐富立體的角色說出有趣的故事。二〇一九年的《聚散有時》則是中篇，也是「馬修．史卡德」系列迄今為止的最後一個故事，事件本身相對單純，但對系列讀者、或者卜洛克自己而言，這故事的重點是交代了史卡德以及系列當中重要配角的生活，他們有的長大了，有的離開了，有的年老了，但仍然在死亡尚未到訪之前，在生命裡碰撞出新的火花，發現新的意義。

最美好的閱讀體驗

「馬修．史卡德」系列的起始是犯罪故事，屬於廣義的推理小說類型，每個故事裡也都能讀出推理小說的趣味，縱使主角史卡德並非智力過人的神探，但他踏實地行走尋訪，反倒看到了更多人間光景、接觸了更多人性內裡。同時因為史卡德並不是個完美的人，所以他的頹唐、自毀、困惑，以及堅持良善時迸出的小小光亮，才會顯得格外真實溫暖。

是故，「馬修．史卡德」系列不只是好看的推理小說，還是好看的小說，不只是好看的小說，還是好的小說——不僅有引發好奇、讓人想探究真相的案件，不僅有流暢又充滿轉折的情節，還有深刻描繪的人性。

讀這個系列會讓讀者感覺真的認識了史卡德，甚至和他變成朋友，一起相互扶持著走過人生低谷、看透人心樣貌。這個朋友會讓人用不同視角理解世界、理解人，或者反過來理解自己。

我依然會建議初識這個系列的讀者，從《八百萬種死法》開始試試自己和史卡德合不合拍，不過或許除了《聚散有時》之外，任何一本都會是很好的選擇——不同時期的史卡德作品會有些不同的質地，但都保持了動人的核心。

這些年來我反覆閱讀其中幾本，尤其是《酒店關門之後》，電子書出版之後，我又從《父之罪》開始依序閱讀，每次閱讀，都會獲得一些新的體悟。史卡德觀看世界的視角未曾過時，卜洛克對人性的描寫深入透澈，身為讀者，這是最美好的閱讀體驗。

〈導讀〉

從史卡德的十月之旅講起

唐諾

流亡者是一種模式。即使不是真正的移民或放逐，仍可能具有移民和放逐者的思維方式，面對阻礙卻依然去想像、探索，總是能離開中央集權的權威，走向邊緣——在邊緣你可以看到一些事物，而這些是足跡從未越過傳統和舒適範圍的心靈通常所失去的。

——艾德華．薩伊德

《在死亡之中》，這是卜洛克的馬修．史卡德系列在台灣出版的第十本書，距第一本的《八百萬種死法》約十個月時間，這是個滿特別的史卡德十月之旅，發生了些有意思的事。（編按：史卡德系列第一版在台上市時，第一本是《八百萬種死法》，第十本是《在死亡之中》。）

粗糙的說，這是一組老得已形容難識的老類型小說和一個新生猶在嬰兒期的新閱讀社會的有趣撞擊。

更有趣的是，在這個史卡德十月之旅中，這組小說並未馬上招徠這個社會為數不多的偵探小說迷（相反的，他們不大知道該拿它們如何是好，很困惑於「不像」他們預期中的推理小說），反倒嚴重驚動一批奇奇怪怪的讀者——我所說的「嚴重驚動」，從時間來說，是立即、馬上、一見如故，像久違的愛情；從強度來看，這些人熱愛史卡德小說的程度，會讓他們丟開身分、性格（害羞、高傲或疏離）和平日的行事習慣，彼此爭相走告、寫信或寫傳真到出版社致意或探詢（比方說，卜洛克的其他系列是否會出版？或《酒店關門之後》中那首歌〈最後的點酒〉在哪裡買得到？），他們甚至於禮貌的抱怨，一個月出版一到兩本的速度實在是太慢了。於是，史卡德小說和台灣閱讀社會暫時的關係是：在總體銷售量並不大的外表下，流竄著一批熱切的讀者，這個圖像讓人想到什麼？我覺得很像我們腳下這顆高齡已達五十億（以上）的藍色小行星：在堅厚冷凝的地殼之下躲藏著熾烈流動的心。

這批扮演地底岩漿的讀者，之所以讓我個人覺得很奇怪，理由在於：他們先是包含當前一群最優秀的創作者如朱天心、朱天文、鍾阿城等人；再來，這些人幾乎絕少是三十歲以下的年輕有為族群，而是舉步蹣跚走向滄桑的中年之人；然後，如果我的私人小統計沒錯的話，這批人原來並沒有閱讀偵探類型小說的習慣，其中甚至不乏不喜歡、乃至不屑於類型小說「固定」趣味的人。吸引他們的是「別的」——其中身兼創作者、中年和非類型小說讀者的作家朱天心，還公然宣稱（在誠品書店的對談會上），別把史卡德小說納入類型小說的範疇，以為那是對史卡德小說不可忍受的貶抑；朱天心還不惜引用班雅明著名的「拾荒者」論述和薩伊德的「知識分子」論述來詮釋史卡德小說，言下，認為這組小說的正確位置，根本就應該擺入馬奎斯、葛林、卡波提、納布可夫這些了不起的作家群中。

好吧！一流的正統小說家如此鄭重推介一名類型小說家，到不顧身分不惜信譽受損的地步；一些早已棄絕偶像崇拜、學會尊重個人選擇的中年人主動向出版社「表態」，完全違背自己日常行事習慣，這當然都是很奇怪的。

他們究竟看到了什麼，令他們如此「失常」？

不做夢的人和狗不准進入

首先，我相信，類型小說通常並不能真正的「觸動」這些人，事實上，類型小說本來也不打算要我們以性命相待——當然，某些讀者（尤其是愈年輕的讀者）的容易自我激動，雖屬誤會，但對類型小說而言是「受歡迎的誤會」。我們可以說，人的年歲增長，其實也是某種除魅的過程，我們生命中的夢幻成分，逐步被現實成分所粉碎所替代，夢與皺紋的數量成反比。

類型小說的閱讀方式和氛圍，通常被描述為床上、爐火邊和安樂椅，這是休息的所在，而不是搏命的戰場，我們好整以暇的欣賞類型小說的種種有趣的「胡說八道」，得到的回報是「舒適」。

對類型小說及其作者而言，最煞風景的莫過於，我們一再去追問它和現實世界的對應關係：你頂好別奇怪，為什麼羅曼史小說中的皇族或億萬富豪的第二代總是男的英俊瀟灑、女的性感美麗，我們當然都很清楚現實裡的英國查爾斯王子、力霸財團少主王令麟先生或敝國的李安妮「公主」長什麼一種樣子；你也頂好別抬槓，為什麼星際式的科幻小說中的太空船（或說星艦，一個頗好聽的譯名），總輕易看到艦長下令，「彎曲空間，光速（或更過分，超光速）飛行」，而我們出差一趟到歐洲美國，卻得忍受十幾個鐘頭的腰痠背痛、無聊至極、怪味道的空調和幽閉恐懼；你更不要沒事重蹈朱天心說她看武俠小說時時陷入的麻煩，為什麼古老中國的「江湖」像另一個空間，如同高速公路禁止行人腳踏車上去一樣，在那個世界中好像有兩組道路系統，其中一種僅供有武功的人使用，在這條路上，你不管碰到的是和尚尼姑、乞丐、年輕少女、小孩乃至於殘障者，每一個都是絕世高手。

這是一個神話國度，它有它賴以立國的憲法，國內的偵探小說傳教士詹宏志仿盧騷的「民約論」，稱之為類型子民和類型國家的契約——你別這麼煩老要問真假，老是想回到現實世界，你得放棄一部分堅持，你得做一點小小的遺忘，讓這個國度的文字導遊帶著你走，這裡，「不做夢的人和狗不准進入」。

對這個類型世界最準確的畫面，是米亞．法蘿那張現實的挫折悲傷逐漸褪去、兩眼盯緊銀幕、開始一點一點浮現笑意的面容，這是伍廸．艾倫《開羅紫玫瑰》電影的最後一個鏡頭。

抗拒者的收編

基本上，類型是簡化的、框架的；人生現實則是複雜的、連續的，兩者相互背反，相互顛覆。

所以，我們便碰到一個有趣的問題了：有沒有一種類型小說是以「寫實」為標的呢？答案居然是有，而這也恰恰好是史卡德小說的「宗派師門」所在——美國革命的冷硬私探派，由當年兩名和今天的卜洛克一樣麻煩的寫作者開頭，他們的名字當然就叫達許・漢密特和雷蒙・錢德勒。

這種看起來不可能的事究竟如何可能？我個人的猜想是這樣子的：當年，漢密特和錢德勒所做的，只是寫小說而已，寫一種與他們人生經驗相符、和現實犯罪不偏離的小說，他們不僅沒要開創新類型，相反，他們反倒極力要打破過往的犯罪小說類型神話（即英式的古典推理）。這兩人生前談到自己的創作時，不約而同都嚴重提到亨利・詹姆斯的影響，眾所周知，亨利・詹姆斯一生沒寫過什麼類型小說，他是十九世紀後半到二十世紀初的寫實小說大師，而此人的長兄威廉・詹姆斯名氣也不遜於乃弟，他的歷史地位是美國實用主義的宗師，杜威哲學的祖師爺。

冷硬私探派之所以回歸成為一種新的類型，其實是漢密特和錢德勒成功後追隨者的事。我們今天稱之為冷硬私探派，而不尊重漢、錢二氏當年的強烈寫實主張，直接稱之為諸如「偵探寫實小說」，其實大有道理——這個類型小說的新約定，取用的是其中私家偵探的身分和造型、以及這名私探和周遭世界的關係這部分，而不是「寫實」本身，畢竟，現實世界太複雜太流動，像流沙，在上頭不好建構如此線條簡單的類型小說華廈。

於是，我們看到了，一種原本帶著挑釁、對抗甚至顛覆掉原有類型意味而來的小說，如何隨著時日緩緩轉向，重新被收編到類型之中，這裡，我們見識到類型小說，乃至於其背後資本主義（沒資本主義何來類型小說？）的強大吞噬力量或說更新力量，喜歡「重鹹」批判口味的人，可去翻翻羅蘭·巴特的神話學，聽他細說所謂的「神話化過程」，巴特說，神話（巴特所謂的神話當然涵括著類型小說）的特色是什麼？是把意義轉化為形式，是一種「語言的掠奪」。巴特特別舉了愛因斯坦相對論的有名公式 $E=MC^2$ 為例，這本來是數學的、純淨的、最有對抗神話之力的符徵（Significant），但都能被「綁架」（巴特的用詞）為某種科學神話的首席代表。

比較心平氣和的人亦可發現，類型的約定，不真正是一種白紙黑字的不變契約，相反的，它更接近某種文字或符號，一直處於變動之中，不斷流失一部分的意義，也不斷取得新的意義。正像人類社會的發展，也像生物的演化，它變動的來源，不起於已馴服者，而來自抗拒者，其變動的地域，不容易發生在舒適、適應良好的中心地帶，而發生在危機四伏、充滿嚴酷試驗的邊緣之地。通常，既有的類型會先懲罰這些不聽話的越界者，然而，一旦越界者取得醒目、具延展潛力的漂亮成功，和解和收編行動便取而代之，於是，原來的類型便得到新的材料、新的領地和新的視野，也因此得到一部分新的意義。

長著反骨的冷硬派

冷硬派是被收編為偵探小說的美洲新殖民地，但這塊新殖民地卻也一直是古老偵探類型小說王國中持續不穩定（也最有活力）之所在。一部分固然和新領地的契約控制未臻成熟有關，但更重要的一部分，我個人以為，係來自冷硬派最原初對抗類型的「寫實」記憶，這個幽靈徘徊不去，是冷硬小說的天生反骨。

依羅蘭・巴特，這原初的意義在神話（類型）化的過程中，是不可能倖存的，一定會被抽光，徒留形式的軀殼，然而，我以為這個說法誇張了些（誇大不實一直是巴特的力量以及毛病所在），神話做為某種吞噬性菌體，亦有它難以完全消化掉的原初意義，它不得不讓這頑強的意義留在體內，承受自身被混淆、難以辨識的麻煩，甚至冒著被顛覆、被取代的危險——這很像傑克・倫敦名小說《海狼》中那位自詔「我是個強大酵母」的超人船長，他服膺弱肉強食的掠奪性哲學，但終究有他難以完全嚥下、完全消滅之物。

偵探類型小說取用了漢密特和錢德勒小說中的「偵探形式」成為類型，亦不得不一併收受這份寫實的記憶，於是，在非寫實的封閉夢幻世界中遂永遠開著一扇通向現實世界的古怪窗子，這扇窗的存在，使得冷硬派的馴服工作難以完全實現。因為現實世界的歧異複雜，會一再「嘲諷」簡單的形式框架，而且現實世界其他領域的豐富進展和持續變動更可源源提供新的反抗材料和靈感——我們知道，把現實世界扁平為只是布景、訴諸邏輯推理的主流古典推理，並不容易從現實的發展中得到新詭計和新死法，一些利用電腦、傳真機或其他通訊設備改進所得到的不在場證明偽造，以及利用新合金、新工業材料而得以成立的新密室云云，總淪為機關派詭計，從來沒有好效果和好的說服力；相對的，人類生活方式及配備的變動、社會問題的更新，甚至小至心理學的新主張新進展，很容易被納入冷硬派及其族裔的犯罪小說之中，在類型和現實的國境交界處一再碰撞出新的反叛火花。

這使得冷硬派小說成為最曖昧、最難以安心歸類的一種類型小說，每一部好作品都像隨時會掙脫而去。從漢密特、錢德勒到今天的卜洛克，他們彷彿永遠有一隻腳伸到類型王國之外，永遠樂於援引現實世界來回頭嘲笑這個簡單的類型母國，永遠顯現著強大而難以控制的自我更新力量，並彷彿永遠存留著他們自身的犯罪原鄉記憶並心嚮往之——那是杜斯妥也夫斯基、康拉德、福克納和葛林，而不是愛倫坡、柯南．道爾和阿嘉莎．克莉絲蒂。

我們彼此了解

OK，我沒忘，我知道我們一開始問了個大哉問：那些一流作家、中年人和非類型小說讀者究竟從史卡德小說看到什麼令他們如此激動？——我沒忘，我只是覺得自己沒資格代所有人回答這問題，小說閱讀，從來是「獨派」而非「統派」，每個人有他一己的眼睛、經歷和心事，引領他們看到他們想望的不同東西。

這裡，我唯一敢豪壯斷言的是，那不會是偵探類型的傳統趣味；而我謙卑的試著指出的是，某種人的「處境」。史卡德小說所書寫的某種處境，即使我們人不同在紐約，但同樣活在城市、走過歲月、看過想過擔憂過死生契濶，我們蓄積著難以言說的層層心事，很偶然的，被這個踽踽獨行的無牌私探給叫了出來。

我們讀小說，卻像找到了一個終於可以說話的好友一般，對我們這些已過了交友年紀的人來說，這值得激動。

曾經有人問到卜洛克，你如此描述紐約這獨一無二的城市，不怕紐約之外的其他讀者有不知所云的隔閡之感嗎?卜洛克肯定的表示不會，他相信任何國度任何城市的人們都會懂史卡德，懂他所看到和所說的東西。

您曉得，他說對了!

在死亡之中

Lawrence Block

In the Midst of Death

—

十月份就像這個城市一樣漸入佳境。夏日最後的暑熱已經過去，真正沁骨的寒冬尚未到來。九月下雨，下得還真不少，但是現在都過去了。空氣因此比平常少了點污染，而現在的氣溫則使空氣顯得更乾淨。

我駐足在第三大道五十幾街街口的一個電話亭前。一個老婦人在街角撒麵包屑餵鴿子，一邊餵，一邊發出咕咕咕的聲音。我相信有一條城市法規是不准餵鴿子的，通常我們會在警察局裡用這種法規向菜鳥警員解釋，有些法律你會執行，有些法律你會忘記。

我走進電話亭，這個電話亭起碼有一次被人錯當成公共廁所，不過從外觀看來倒也不意外。還好電話還能用；近來，公共電話大部分都能用，換在五、六年前，絕大多數室外公共電話亭的電話都是壞的。看來在我們的世界裡，並不是每件事情都愈來愈糟，有些事的確是有改善。

我撥了波提雅．卡爾的號碼，她的電話答錄機總是在鈴響的第二聲就啟動，所以當電話鈴響第三次時，我還以為我撥錯號了。我一向都認為，只要我打過去，她就一定不會在家。

然而她卻接了電話。

「喂？」

「卡爾小姐嗎？」

「我就是。」電話裡的聲調不像答錄機傳出來的那麼低，而聲音裡的倫敦梅菲爾口音也沒那麼明顯。

「我叫史卡德，」我說，「我想過來見你，我就在附近，而且——」

「很抱歉，」她打斷我的話說，「我恐怕不會再見任何人了。謝謝你。」

「我想——」

「請打給別人吧。」然後她就掛了電話。

我找到另一個一角錢銅板，正準備放進投幣口再打給她時，我改變了主意，把銅板又放回了口袋。我向下走了兩個街口，又向東走了一個街口，來到第二大道和五十四街交口；我發現這裡有家咖啡店的午餐吧台有公共電話，而且恰好可以看到卡爾小姐住的那棟大樓入口。我把銅板丟進電話，撥了她的號碼。

她一接起電話，我就說：「我叫史卡德，我想跟你談談傑瑞．布羅菲爾的事。」

電話那頭停頓了一下，然後她說：「哪位？」

「我告訴你了，我叫馬修．史卡德。」

「幾分鐘前你打來過。」

「對，你還掛了我的電話。」

「我以為——」

「我知道你怎麼想，我想跟你談談。」
「我真的很抱歉，真的，我不接受訪問。」
「我不是媒體的人。」
「那你想知道什麼？史卡德先生？」
「你見了我就知道。我想你最好見我一面，卡爾小姐。」
「事實上，我想我最好不要見你。」
「我不確定你是否能夠選擇。我就在附近，我五分鐘後過去你那裡。」
「不，拜託。」她停了一下，說，「你知道，我剛翻下床，你得給我一個小時。你能等我一個小時嗎？」
「如果必須的話。」
「一個小時後你再來。你有地址吧？我猜。」
我告訴她我有，然後我掛了電話，坐在午餐吧台旁，叫了一杯咖啡和一個奶油餐包。我面對著窗戶，這樣我可以看著她住的大樓。等我的咖啡剛好涼到可以喝的程度時，我看見了她。她一定是在我們邊講話時，就邊換了衣服，因為她只花了七分鐘便出門站在街頭。要認出她並不太費力。有關她的描述——蓬鬆而密的暗紅色頭髮——讓人輕易地鎖定她，而她則以母獅王般的姿態，將描述與她本人連在一起。
我站起來向門口走去，準備在我知道她要去哪兒的時候，馬上就跟過去，但她卻朝著咖啡店走來。當她走進門，我馬上別開身回到我的咖啡所在之處。

她直接走向電話間。

我想我不該感到意外。有太多的電話是被監聽的，所以任何從事犯罪或政治活動的人都曉得應該注意，並把所有的電話都當做被監聽的而依下列原則行動——所有重要或敏感的電話都不該在自己家裡打。這裡是離她家那棟大樓最近的公共電話，我因此選擇了這裡，她也因此正在這裡打電話。

我向電話移近了一點，這麼做只是為了滿足自己而非有什麼幫助。我看不到她撥的號碼，也聽不到她說什麼。在我確認這一點之後，便付了咖啡和餐包的錢，離開那裡。

我走過對街到她住的那棟大樓。

我其實在冒險。如果她打完電話便跳上計程車，我就會失去她的行蹤，而我現在不想把她跟丟了，因為我並不是每一次都能找到她。我想知道她正打電話給誰，如果她去某處，我要知道她去的地點以及理由。

但是我不覺得她會叫計程車。她沒帶錢包，如果她要去哪裡，她可能得先回家拿包包，然後丟幾件衣服在行李箱裡帶走，因為她已經讓我給了她一個小時的活動時間。

於是我去了她住的大樓，在門口看見一個白髮小老頭。他有一雙誠實的藍眼睛，顴骨上有很多紅疹子，他看起來對自己的制服感到很驕傲。

「找卡爾小姐。」我說

「她幾分鐘前剛離開，你正好錯過了，絕不會超過一分鐘。」

「我知道。」我拿出我的皮夾很快的彈開，其實裡面根本沒有東西讓他看，就連聯邦調查局菜鳥幹員用的識別徽也沒有。不過這不重要，這只是一個你一旦做了，你看起來就會像個警察的動作。他看到一閃而過的皮面，留下了足夠的印象；對他來說，要求我讓他仔細查看證件可能是很不禮貌的。

「幾號公寓？」

「我真的希望你不會讓我有麻煩。」

「如果你照規矩來就不會。她住幾號公寓？」

「四樓G座。」

「把你的管理員鑰匙給我，吭？」

「我不該這麼做的。」

「嗯，你要到城裡的分局談這件事嗎？」

他不要。他只要我死到別處去，不過他沒說出口，而把管理員鑰匙交給了我。

「她應該幾分鐘內就會回來，你不要告訴她我在樓上。」

「我不喜歡這樣。」

「你不必喜歡。」

「她是位和善的小姐，一直對我很好。」

「在聖誕期間很大方是吧？」
「她是個很和藹的人。」他說。
「我相信你跟她的關係很好，但如果你告訴她，我會知道，然後我就會不高興，懂嗎？」
「我不會說任何事。」
「我會把鑰匙還給你的，別擔心。」
「說起來，這點我最不擔心。」他說。
我乘電梯上了四樓。G座公寓面街，我坐在她的窗前望著咖啡店的入口。從這個角度我無法辨識是否有人在電話間，所以她可能已經離開，很快的閃過街角並坐上計程車。不過我不認為她會這麼做。我坐在椅子上等，大約十分鐘以後，她走出了咖啡店，站在街角——修長、高眺而醒目。
而且，明顯的不肯定。她在那兒站了好一會兒，我可以讀得出她心裡的躊躇。她可能走向任何一個方向。但是不久，她很果決的轉身，開始向我所在處走回來。我吐了一口不自覺屏住的氣息，定下心來等她。

8

當我聽到她插進鑰匙開鎖，便離開了窗口貼牆站著。她打開門，然後在身後帶上，並且拉上鐵栓。她很有效率的鎖了門，不過我已經在裡面了。

她脫下淡藍色風衣，把它掛玄關的壁櫥裡。風衣之下，她穿了一件及膝的格子裙，上身是一件剪裁講究有領扣的黃襯衫，她有雙非常修長的腿和一副健美的運動員身材。

她再次轉身，但是她的目光並沒有掃到我所站的位置。於是我說：「嗨，波提雅。」

尖叫聲並沒有真的傳出來，因為她很快的用手摀著嘴止住了。有那麼一會兒她以腳尖維持身體的平衡，一動也不動的站著，後來她才將手從嘴上移開，並將重心移回到膝蓋。她深深吸了一口氣然後屏住，她的臉色本來就很白皙，但是現在簡直像是被漂白了一樣。她將手放在心口上，這個動作看起來有點誇張而虛假。當她意識到這一點，再次把手放下，然後做了幾次深呼吸：吸氣，吐氣，吸氣，吐氣。

「你叫——」

「史卡德。」

「你剛才打過電話來。」

「是的。」

「你答應給我一個小時。」

「最近我的錶總是跑得很快。」

「的確。」她又深深吸了一口氣，然後慢慢吐出來。她閉上了眼睛，我從靠牆的位置移出來，站在客廳中間距離她只有幾步之遙的地方。她看起來不像個很容易昏倒的人，如果她是，她早就倒下了。不過她仍然非常蒼白，如果她真的倒下，我希望在她落地前能穩穩的接住她。她的臉色慢慢回復，同時也張開了眼睛。

「我得喝點東西。」她說：「你要來點什麼嗎？」

「不，謝了。」

「那我自己喝了。」她走去廚房，我緊跟著，讓她保持在我的視線之中。她拿出一瓶七百五十毫升裝的蘇格蘭威士忌，並從冰箱裡取出半罐蘇打水，然後在玻璃杯裡各倒了三盎司。「不加冰。」她說。「我不喜歡冰塊撞我的牙齒，但是我習慣喝冰的飲料。你知道，這兒的房間都保持得比較暖，所以室溫的飲料都不夠冰。你確定不喝嗎？」

「現在不要。」

「那，乾杯。」她慢慢的一口把飲料喝盡，我看著青筋在她的喉嚨浮動，一個長而可愛的頸項。她有著典型英國人的皮膚，而為了覆蓋她，可是需要不少皮膚。我的身高大約六呎，她最少有我這麼高，可能還比我高一點。我想像她和傑瑞．布羅菲爾站在一起，布羅菲爾大概比她高四吋，高度剛好與她匹配，他們一定會是很醒目的一對。

她又吸了一口氣，顫顫的，然後將空玻璃杯放進水槽，我問她是不是還好。

「噢，好極了。」她說。她的藍眼睛淡得近乎灰色，嘴唇十分豐腴但是毫無血色。我向旁邊站開，她從我身邊走過進了客廳，臀部輕拂過我的身畔。這樣已經很夠了，我跟她之間不可以再接近一點點。

她坐在藍灰色的沙發上，從塑膠玻璃邊桌上的一個柚木盒子裡，拿出一支小雪茄。她用火柴點燃雪茄，然後指著盒子做手勢要我自己來，我告訴她我不抽菸。

「我換抽雪茄，因為大家都不抽。」她說。「所以我就當是菸一樣的抽。當然，雪茄比菸濃得多。你怎麼進來的？」

我舉起鑰匙。

「提米給你的？」

「他不想給，但是我沒有給他太多選擇。他說你一直對他很好。」

「我可是給足小費了，那個笨蛋小王八。你知道，你嚇了我一跳，我不知道你要什麼、你為什麼在這裡，或者你是誰。說到這一點，我好像已經忘記你的名字了。」我補答了她。「馬修，」她說，「我真的不知道你為什麼在這裡，馬修。」

「你在咖啡店裡打電話給誰？」

「你在那裡嗎？我沒注意到你。」

「你打給誰？」

她以抽雪茄拖時間，眼睛裡多了些謹慎。「我不認為我需要告訴你。」她終於說。

「為什麼你要控告傑瑞・布羅菲爾？」

「因為他勒索我啊。」

「為什麼，卡爾小姐？」

「你剛才叫我波提雅，還是那只是嚇唬人？警察總愛直呼你的名字，表現他們的輕視，這大概可以給他們某些心理上的優越感吧。」她用雪茄指著我說：「至於你，你不是警察，對吧？」

「不。」

「但是你也有點來頭。」

「我以前是個警察。」

「哦。」她點點頭，對答案很滿意。「你當警察的時候就認識傑瑞了嗎？」

「我那時並不認識他。」

「但你現在認識了。」

「沒錯。」

「你是他的朋友嗎？不，不可能。傑瑞沒有朋友，他有嗎？」

「他沒有嗎？」

「幾乎沒有，如果你跟他夠熟就會知道。」

「我跟他不熟。」

「我懷疑有誰會跟他很熟。」她又吸了一口雪茄，輕輕把灰彈進雕花玻璃菸灰缸。「傑瑞．布羅菲爾是認識些人，認識的還不少，但是我懷疑他在這個世界上會有朋友。」

「你肯定不是他的朋友。」

「我從來沒說我是。」

「為什麼你告他勒索？」

「因為這項指控是真的。」她浮起小小的微笑。「他強迫我給他錢，一星期一百美元，不然他就找我麻煩。你知道嗎，妓女是纖細而脆弱的生物。而當你考慮到男人為了跟一個女人上床所願意付出的龐大金額時，一星期一百美元並不是那麼了不起的數字。」她用手指指著她的身體。「所以，我給他錢，」她說，「提供他要的錢，並且還提供我自己。」

「有多久？」

「通常每次大概一個小時。幹嘛？」

「我是說你付錢給他有多久了？」

「哦，我不知道。大約一年吧，我想。」

「你來美國多久了？」

「剛過三年。」

「你不想回去是吧？」我開始跨步，走到長沙發那邊。「他們大概就是這樣布鉤。」我說。「照他們的方法玩，否則他們就把你當做不受歡迎的外國人給趕走。他們是不是這樣把你扣死的？」

「真會措詞，不受歡迎的外國人。」

「他們不就是這樣——」

「大部分的人把我當做大受歡迎的外國人。」她那雙冷冷的眼睛挑釁的看著我。「我不認為你對這點還有意見？」

她讓我煩躁起來，這事兒挺讓我困擾的。我又不是很喜歡她，為什麼我要這麼在意她有沒有打動我？我想起伊蓮．馬岱曾經說，波提雅．卡爾的顧客名單中，有很大一部分是被虐待狂。我從不曾真正了解到底是什麼事情讓被虐待狂得到解放，但是在她面前幾分鐘就足以讓我了解，一個被虐待狂會發現，在這位特別的女士身上，他正好可以找到滿足幻想的要素；而在別種不同的方式上，她剛巧很適合我。

我們來來去去扯了一陣，她一直堅持布羅菲爾的確向她勒索現金，而我則不斷試圖跳過這段，想弄清楚是誰說服她對他做這些事。我們沒有任何進展——也就是說，我沒得到我想要的，而她也無處可逃。

於是我說：「聽著，如果直截了當的來看，這些根本都不重要。他是否向你拿錢不重要，誰讓你告他也不重要。」

「那你為什麼在這裡，小可愛？難道是為了愛？」

「重要的是，要怎樣才能讓你撤銷告訴。」

「急什麼呢？」她微笑。「傑瑞都還沒被捕呢，不是嗎？」

「你沒辦法把這些事弄上法庭的。」我繼續說，「你需要證據才能搞到起訴書，而如果你有的話，起訴書早該下來了，所以這只是中傷。但是對他而言，這是個棘手的中傷，他想擺平它。怎樣才能讓你撤銷告訴？」

「傑瑞一定知道。」

「哦？」

「只要他停止他所做的事。」

「你是指他和普傑尼恩？」

「我有說嗎？」她已經抽完了她的雪茄，現在她又從柚木盒裡拿出另外一支，但是她沒有點燃，只是把玩著。「也許我並沒指任何事情。不過你看看他的記錄，其實我滿喜歡這種美國風格，我們來看看他的記錄：這些年來，傑瑞一直是個好警察，他在富理森丘有幢可愛的房子，還有可愛的妻子、可愛的孩子。你見過他的老婆和孩子嗎？」

「沒有。」

「我也沒有，不過我看過他們的照片。美國男人真是『與眾不同』。他們先給你看他老婆孩子的照片，然後再跟你上床。你結婚了嗎？」

「現在沒有了。」

「你還有的時候，會在外面花嗎？」

「有時候。」

「但是不會到處秀照片吧？會嗎？」我搖搖頭。

「我就覺得你不會。」她把雪茄放回盒子裡，伸了伸筋骨，打了個呵欠。「總之，他什麼都做了，而他卻帶著有關警察多腐敗的冗長故事跑去找特別檢察官，然後開始接受報紙訪問，然後他向警局告假；而突然之間，他卻又有麻煩了，他被控習慣性每週向一個可憐的妓女索取一百美元。這讓人覺得不單純，對吧？」

「這就是他該做的？叫普傑尼恩停手，你就會撤銷對他的控訴？」

「我沒說得這麼直接，我有嗎？反正，不必你到處挖，他一定也知道。我的意思是，這滿明顯的，你不認為嗎？」

我們又扯了一陣，還是沒什麼結果。我也不知道我希望有什麼結果，或者一開始我為什麼要拿布羅菲爾的五百美元。波提雅．卡爾被某人脅嚇的程度，遠超過我費心潛進她的公寓帶給她的恐懼。此時，我們就只是一味的在那兒言不及義，對於這點，我們也都相當清楚明白。

「太無聊了。」她突然說，「我要再喝一杯，你要嗎？」

我想喝得要死。「不了。」我說。

她從我身邊拂過，進入廚房。我聞到一陣濃濃的香水味，這個香味是我不認得的。我想下一次我再聞到的時候，我絕對會認得出來。她帶著一杯酒回來，又坐回沙發。「真無聊，」她說，「你何不坐到我身邊來，我們來談點別的，或者什麼也不談？」

「你可能會有麻煩，波提雅。」

她的臉上表現出警覺。「話可不是這麼說。」

「你讓自己蹚進渾水裡了。你是個堅強的大女孩，但是你可能不像你自己想像的那麼堅強。」

「你在恐嚇我嗎？不，這不是恐嚇，對不對？」

我搖搖頭。「你不必怕我，不過就算沒有我，你要擔心的事也夠多了。」

她垂下眼瞼。「我受夠了堅強，」她說，「但是這個我很擅長的，你知道。」
「我很確定你是。」
「但是這太累人。」
「或許我可以幫你。」
「我不認為有誰可以幫我。」
「哦？」
她短暫的觀察我，然後又垂下眼。她站起來橫越房間到窗口，我應該跟上去，她的舉動彷彿在暗示我，要我過去她身邊，不過我還是留在原地。
她說：「你我之間，有點什麼在醞釀，對吧？」
「沒錯。」
「但是現在做什麼都沒有好處，時機不對。」她看著窗外。「此時此刻，我們對彼此一點好處都沒有。」
我什麼也沒說。
「你現在最好離開。」
「好吧。」
「外面美極了。太陽、清新的空氣。」她轉身看我。「你喜歡這個季節嗎？」
「噢，很喜歡。」

「這是我最喜歡的季節，我想。十月、十一月，這是一年裡最棒的時候，但也最悲傷。你不覺得嗎？」

「悲傷？為什麼？」

「哦，很悲傷，」她說，「因為冬天要來了。」

2

我離開的時候，把鑰匙交給管理員。雖然他看到我要離開，卻似乎沒有比較高興。我過街到第二大道的強尼．喬伊士餐廳，坐進一個包廂座。大部分的午餐人潮已經離去，留下來的人都喝多了一兩杯馬丁尼，大概都不會再回辦公室了。我叫了一個漢堡和一瓶豎琴牌啤酒，然後就著咖啡喝了幾杯波本。

我撥了布羅菲爾的電話號碼，鈴聲響了一會兒依然沒人接聽。我回到我的包廂座，又喝了一杯波本，同時思考一些事情。有幾個問題我似乎無法解答。為什麼我那麼想喝一杯的時候，卻拒絕了波提雅．卡爾的酒？而且為什麼（如果這不是同一個問題的另一個版本）我也拒絕了波提雅．卡爾本人？

我在西四十九街上那個演員們常去的聖馬拉契教堂又想了想這個問題。這個教堂比街面略低，是個提供安寧和靜謐的隱密寬廣空間。如果不是對百老匯戲院區瞭若指掌的人，很難找到這裡來。我選了一個走道的位子，讓我的思緒漫遊。

很久以前我認識的一個女演員曾經告訴我，她不工作的時候每天都來聖馬拉契。「我想就算我不是天主教徒也沒有關係，馬修，我不認為有什麼關係。我做小小的祈禱，點亮我小小的蠟燭，為我的工作祈求，我不知道有沒有用。你認為可以向上帝要求一個好一點的角色嗎？」

我在那裡一定待了將近一個小時，腦子裡跑過許多不同的事情。出去的時候，我在濟貧箱裡放了幾塊錢，點了幾根蠟燭，不過沒有禱告。

∞

我幾乎整個晚上都耗在我住的旅館對面的寶莉酒吧。查克站在吧台裡，心情好得每過幾巡就請店裡的客人一杯。傍晚的時候，我聯絡上我的客戶布羅菲爾，並且把我和卡爾小姐的會面簡單敘述一遍。他問我接著打算怎麼進行下去，我說我應該把事情釐清，如果有什麼他該知道的事，我會跟他聯絡。但當晚沒有發生跟這事有關的，所以我就不必打電話給他，也沒有其他的事需要打電話給別人。我在旅館拿到一個電話留言，安妮塔打來並要我回電，但這不是個我想和前妻講話的夜晚。我繼續留在寶莉，查克每次倒滿酒我都喝完。

大約七點半的時候，一群小夥子進來，然後開始玩點唱機，並且盡點鄉村和西部歌曲。通常我可以像其他事情一樣忍耐這類音樂，但是因為某個理由，或者我那時候就是不想聽，總之，我付了帳，走到街角的阿姆斯壯酒吧。在這裡，唐總是把收音機定在WNCN電台，他們總是放莫札特。而且這裡人不多，你可以真正的聽聽音樂。

「他們把電台賣了。」唐說：「新的老闆準備轉型為流行搖滾樂；這座城市的搖滾電台難道還不夠多嗎？」

「事情總是愈來愈糟。」

「這點我完全同意。有個抗議行動要求他們維持播古典音樂，但是我不認為這行動能有什麼作用，你說呢？」

我搖頭，「做什麼都沒用。」

「看來你今晚的心境正佳，真高興你沒有悶在房間，反而決定來這裡散播歡樂散播愛。」

我把波本倒進我的咖啡裡，然後攪拌一下。我心情的確是爛透了，卻無法知道到底是為了什麼。當你知道是什麼在困擾你的時候都已經夠煩了，更何況不知道的時候。一旦折磨著你的惡魔隱身起來，要對付他們就更加困難。

8

那是一個奇怪的夢。

我不常做夢，酒精有讓睡眠陷入更深層的效果，這個層次比夢境發生的層次更深遠。有人告訴我酒精中毒者堅持發酒瘋是他們做夢的機會，因為他們入睡之後不能做夢。一個人醒著做夢就是發酒瘋，但是我還沒有因為酒精中毒而發瘋，而我對於自己一向無夢的睡眠也很感恩。有一段時期，有關於喝酒會不會發瘋和做夢曾經引起諸多討論。

但是那晚我做夢了，而且我覺得那個夢很奇怪，她也在夢裡。夢裡的波提雅和本人一樣有著高䠷的身材、引人注目的美麗、低沉的聲音和好聽的英國口音。我們坐著講話，她和我，不過不是在她的公寓。我們在一個派出所，我不知道那是哪一個派出所，但是我記得我感覺很自在，所以可能是我曾經派駐的地方。那裡有穿著制服的警察四處走動，有市民在申訴，而這些在我夢裡跑龍套的人，都是在類似官兵捉強盜的電影裡串場的那些人。

我們就處於這個場景的中央。波提雅和我，我們赤裸著，正準備做愛，但是我們必須透過談話先證實些什麼。我不記得到底必須證實什麼，不過我們的談話一直持續著，卻愈來愈難懂。我們一直沒有進展，然後電話鈴響了，波提雅拿起聽筒，用她在電話答錄機裡的聲音回答。

但是電話卻仍一直在響。

當然，是我的電話，我把真實的電話鈴聲帶進夢裡了。如果不是電話鈴聲把我吵醒，我很確定最後一定會把這個夢忘得一乾二淨。在我甩開殘夢的同時，我也把自己搖醒，然後摸索電話，把聽筒拿近耳邊。

「喂？」

「馬修，如果我把你吵醒了我很抱歉。我——」

「是哪位？」

「傑瑞，傑瑞．布羅菲爾。」

我就寢時習慣把手錶放在床頭櫃上。我在黑暗中伸手找錶，但是找不到。我說：「布羅菲爾？」

「我猜你還在睡覺。聽著，馬修——」

「現在幾點？」

「六點剛過幾分。我只是——」

「老天！」

「馬修，你醒著嗎？」

「噢，他媽的，我是醒了。老天，我說打電話給我，但是我沒叫你半夜打給我。」

「聽著，這是緊急事件。你就讓我講話好嗎？」我第一次注意到他聲音裡有一絲緊張，他的聲音肯定一直如此，只是我以前沒注意。「我很抱歉吵醒你，」他繼續說，「但是我終於找到機會打電話，我不知道他們會讓我待多久，你讓我講一分鐘就好。」

「你在什麼鬼地方？」

「男子拘留所。」

「那個人稱『墓穴』的地方？」

「沒錯，墓穴。」他現在講得很快，彷彿要在我可能打斷他之前一口氣全說完。「他們在巴羅街的公寓等我，我大約兩點半回到家，他們已經在那裡了。這是我第一個打電話的機會，我跟你講完之後，馬上要打給律師。馬修，我會需要好幾個律師，他們設計得太好了，好得讓人無法在陪審團前翻案，他們逮到我了。」

「你在說什麼？」

「波提雅。」

「她怎麼了？」

「昨晚有人把她給殺了，勒死還是什麼的。他們把她丟到我的公寓之後就報了警，我也不知道所有的細節，反正他們因此把我抓進來。馬修，不是我幹的。」

我什麼也沒說。

他的聲音提高了，近乎歇斯底里。「不是我幹的，我幹嘛要殺那個婊子？還把她留在我公寓裡？這一點也不合理，馬修，但是它不需要合理，因為這整件鳥事就是個圈套，而他們有辦法讓人擺脫不了這個圈套，他們就打算這麼做！」

「冷靜點，布羅菲爾。」

沉默。我想像他把牙齒咬得軋軋作響，強迫讓自己冷靜下來，就像一個馴獸師在滿籠子的獅子和老虎面前甩鞭子一樣。「好，」他說，聲音恢復了爽快。「我累死了，疲倦開始上身。馬修，這檔事我需要人幫忙，你的幫忙。馬修，你要多少我都可以付給你。」

我叫他等一會兒。我剛睡了大概三個小時，這會兒才清醒得足以了解我有多麼不舒服。我放下聽筒，走進浴室，在臉上沖了幾把冷水。我小心的避開鏡子，因為我完全知道鏡中怒視著的臉會是個什麼樣子。梳妝架上一夸脫裝的波本還剩下一英寸高，我直接就著瓶子喝了一小口，甩甩頭，又坐回床上，端起聽筒。

我問他以前有沒有被逮過。

「就只有這次，還是殺人罪。他們抓了我，就不能不讓我打電話。你知道他們怎樣嗎？他們逮捕我的時候，對我宣讀我的權利。那一整段米蘭達條款！去他祖奶奶的，你猜這段詞兒我對那些操他媽的惡棍說過多少次？而他們居然逐字唸給我聽。」

「你還得打電話給律師吧？」

「對，找個不錯的律師，不過他一個人絕對應付不來。」

「嗯，我不知道我能幫你什麼。」

「你能來一趟嗎？不是現在，我現在還不能見任何人。等一等。」他一定拿開了電話，但我還是能聽到他正在問某人，他何時可以見客。「十點。」他告訴我。「你可以在十點到十二點之間到這裡嗎？」

「我想可以。」

「我有很多事要告訴你，馬修，但是我不能在電話裡說。」

我告訴他我會在十點以後去看他。我掛回電話，然後打開波本的瓶栓又小啜了一口。我頭痛得鈍鈍的，我懷疑波本也許不是世界上最能止頭疼的東西，但是我想不出其他更好的東西。我躺回床上，拉上毯子。我需要睡眠，雖然我知道我再也睡不著了，但是起碼我可以再躺一兩個小時休息一下。

這時我想起了那個被他的電話猛然拉回現實的夢。我還記得，然而在清楚、鮮活的那一瞬間閃過之後，我卻開始顫抖了。

3

這一切開始於兩天前，一個涼爽的星期二午後。我的那一天在阿姆斯壯酒吧開始，當時我正以波本加咖啡進行慣常的「平衡動作」——咖啡使一切速度加快，波本酒則使一切速度減慢。我正在看《郵報》，而且對於我所閱讀的內容十分投入，因此根本沒注意到他拉開我對面的椅子坐下。他清了清喉嚨，我抬頭看他。

他是個有一頭黑色鬈髮的小個子，他的臉頰凹陷，額頭非常突出，留著山羊鬍，但是上唇的鬍子刮得非常乾淨。透過厚厚的眼鏡，他那雙炯炯有神的深棕色眼睛顯得更大了。

他說：「在忙？馬修。」

「還好。」

「我想跟你談一下。」

「沒問題。」

我認識他，但不是很熟。他叫道格拉斯·佛爾曼，是阿姆斯壯的常客。他喝得不是很多，但是每個星期總來個四、五次，有時候會帶一個女伴，有時候就他自己一個人。他通常只叫杯啤酒，就可以談上好一會兒的運動、政治或任何當天的話題。就我所了解，他是個作家，雖然我不記得曾經聽他討論過自己的作品。不過他顯然混得不錯，因此不需要有別的工作。

我問他有什麼事。

「我認識的一個傢伙想見你，馬修。」

「哦？」

「我猜他想僱用你。」

「帶他來呀。」

「那不可能。」

「噢？」

他開始要說些什麼的時候，崔娜走過來問他要喝什麼，所以他便打住。他叫了啤酒，而在崔娜走去拿啤酒、把啤酒送來、又走開的這段時間裡，我們就呆呆坐在那裡。

然後他說：「事情有點複雜，他現在不能公開露面，他，呃，躲起來了。」

「他是誰？」

「這是祕密。」我白了他一眼。「呃，好吧。如果你看的是今天的《郵報》，也許你已經看到有關他的事情。無論報紙是不是今天的，你都可能看到他，過去幾個星期，所有報紙滿滿都是他的消息。」

「他叫什麼名字？」

「傑瑞．布羅菲爾。」

「就是那傢伙？」

「他現在可說是非常『搶手』。」佛爾曼說，「自從那個英國女孩控告他之後，他就躲起來了，但是他不能躲一輩子。」

「他躲在哪裡？」

「他的一間公寓。他要你去那裡見他。」

「在哪裡？」

「格林威治村。」

我拿起我的咖啡，彷彿咖啡會告訴我什麼似的盯著它。「為什麼找我？」我說，「他認為我能幫他些什麼？我不懂。」

「他要我帶你去那裡，」佛爾曼說，「他會付錢給你，馬修。怎麼樣？」

∞

我們搭計程車沿第九大道下行，然後停在巴羅街靠近貝福大道處，我讓佛爾曼付了車錢。我們走進一棟沒有電梯的五樓公寓的前庭，大部分的門鈴上面都沒有標示牌。這棟建築要麼是廢棄了，正待拆除，不然就是布羅菲爾的鄰居房客和他一樣都希望匿名。佛爾曼按了其中一個沒有標示的門鈴，先按三次，等一下，又按了一次，最後再按三次。

「這是暗號。」他說。

「陸路一次，海路兩次〔譯註：One if by land and two if by sea.是美國獨立戰爭時，為了辨識英軍進攻路線而設立的暗號。若是從陸路進攻，則點亮一盞燈籠，海路則是點兩盞〕。」

「啊？」

「當我沒說。」

一陣滋滋聲後，他推開門，說：「你往上走，三樓D座。」

「你不上來嗎？」

「他要單獨見你。」

這是個設計我的聰明方法，而我已經上鉤，並且正在半路上。佛爾曼已經退開，沒有其他方法可以知道我會在三樓D座看到什麼。不過，我也想不出誰有什麼特別好的理由等著傷害我。我爬到一半時，停下來仔細想了想，我的好奇心跟理智經過一番天人交戰，終於成功戰勝了轉身回家置身事外的念頭。我上到三樓，在D座的門上敲了3—1—3的暗號，門馬上就開了。

他看起來就像照片裡一樣。自從艾柏納．普傑尼恩在他的協助下，對紐約市警局貪污案展開調查後的幾個星期以來，他就一直出現在各家報紙上。但是報上的照片無法讓你感覺他的高度；他最少有六呎四吋，並且練出一副寬闊的肩膀和厚實的胸膛，而他的肚子也有「中廣」的趨勢。他現在三十出頭，再過十年他可能增加四、五十磅，他會需要他的每一吋高度來承擔這些重量。

如果他能再活十年的話。

他說：「道格呢？」

「他在門口留下我就走了，他說你要單獨見我。」

「沒錯，不過那個敲門聲，我以為是他。」

「我破解了暗號。」

「啊？噢！」他突然咧嘴而笑，這一笑真的讓室內明亮起來。笑容讓我看見他的牙齒很密，不過他露齒一笑所產生的效果不只如此；由於這個笑容，他的臉龐整個開朗了起來。「你就是馬修・史卡德。」他說：「快進來，馬修。這房子不大，但是比牢房好多了。」

「他們能讓你坐牢嗎？」

「他們可以試。他們正他媽的在試。」

「他們逮到你什麼？」

「他們找到一個英國瘋婊子，有人已經控制了她。你對事情的發展知道多少？」

「就是我在報紙上看到的那些。」

我對報紙並沒有那麼注意。我知道他的名字叫做傑瑞・布羅菲爾，是個警察，已經服勤十二年了。六、七年前，他還只是個沒星沒線的小警員，幾年之後，他已經升為三級警探，事發時他就是這個階級。然而幾個星期前，他卻把警徽丟進抽屜，開始協助普傑尼恩讓紐約市警局難看。

他鬥鬥的時候我就站在那兒打量這個地方。看起來，這裡的房東將所有的配備與房子一併出租，所以公寓裡沒一樣東西能透露有關房客個性的任何線索。

「那些報紙，」他說，「嗯，他們很接近事實。他們說波提雅．卡爾是個妓女，嗯，他們說對了；他們說我認識她，這也是真的。」

「他們還說你剝削她。」

「錯，他們說『她說』我在剝削她。」

「你有嗎？」

「沒有。這裡，請坐，馬修，不要客氣。你要喝點東西嗎？」

「好。」

「我有蘇格蘭威士忌、伏特加和波本，而且我想應該還有一點白蘭地。」

「波本好了。」

「加冰？加蘇打？」

「純的就好。」

他倒了酒，純波本給我，滿滿的威士忌加蘇打給他自己。我坐在一個有穗飾的綠色長沙發上，他則坐進與長沙發配套的單人沙發座。我喝了一口波本，他從西裝上方的口袋拿出一包雲斯頓香菸，遞給我一支，我對他搖搖頭，他便為自己點燃。他用的是Dunhill的打火機，不是鍍金就是純金的。西裝看起來像是訂製品，他胸前口袋上繡了漂亮的名字字母縮寫的襯衫絕對也是量身特製。

我們邊喝邊打量著對方。他有一張大而帶著方下巴的臉，藍色的眼睛上方有著兩道清楚分明的眉毛，其中一道眉毛被一個舊傷疤一分為二；他淡黃色的頭髮有一點太短，因而顯得有些不合時宜。他的長相看起來寬大誠實，但是在看了一會兒之後，我判斷他是裝的，他知道如何利用長相的優點。

他看著菸揚起的青煙，好像那些煙有話對他說似的。他說：「那些報紙上的報導讓我看起來很壞，是不是？聰明的臭警察密告整個警局，然後他的功績又因為一個可憐的小妓女而一筆勾消。對了，你在警界待過，多少年？」

「差不多十五年。」

「那你該了解那些報紙。媒體不必搞對每件事，他們的工作是賣報紙。」

「所以呢？」

「所以讀了報的你必須去除某些有關我的印象。從報紙上看來，我要不是個被特別檢察處制伏的壞蛋，就是個神經病。」

「哪一個是對的？」

他閃過一抹笑容。「都不是。老天，我在警界待了都快十三年了，我不是昨天才知道有些傢伙偶爾會拿錢。不過從來沒人抓到我任何把柄。他們在普傑尼恩辦公室外面到處否認，他們說從頭到尾我都是自願合作的，他們沒有要求，是我自己跑去的，自始至終。聽著，馬修，他們是人不是神，如果是他們設計讓我窩裡反，他們應該會拿這件事來說嘴，而不是否認。但是他們卻不斷說是我走進檢察處，然後把一切事情攤出來的。」

「所以呢？」

「所以貪污是事實，就這樣。」

他以為我是神父嗎？我不在乎他是神經病還是壞蛋，還是兩者都是，或是兩者都不是。我不想聽他的告白。他讓人把我帶來，想必有個目的，現在他就當著我面替自己開脫。

「馬修，我有個麻煩。」

「你說他們沒抓到你的任何把柄。」

「這個波提雅・卡爾，她說我敲詐她，每個星期向她討一百美元，不然就打她。」

「但是這不是事實。」

「不，不是。」

「那她就無法證明。」

「對，她什麼屁都無法證明。」

「那還有什麼問題？」

「她還說我上她。」

「哦。」

「對，我不知道她能不能證明這部分，但是，去她媽的，這是真的。你知道，這不是什麼了不起的事，我本來就不是聖人。現在所有的報紙都報導了這件事，還有那鬼扯的勒索，突然之間我不知道我該怎麼做了。我的婚姻本來就已經有點不穩定，只要我老婆的朋友或家人讀到我怎麼跟這個英國婊子來往的故事，我老婆就會走人。你結婚了嗎，馬修？」
「曾經。」
「離婚了？有小孩嗎？」
「兩個兒子。」
「我有兩個女兒一個兒子。」他啜了一口酒，將菸灰彈進菸灰缸。「我不知道，也許你喜歡離婚後的生活，我可不要。這椿勒索案子，真把我給搞慘了，我嚇得都不敢離開這個操他媽的公寓。」
「這地方是誰的？我一直以為佛爾曼住在我附近。」
「他住在西五十幾街，你家在那附近嗎？」我點點頭。「嗯，這個地方是我的，馬修，我一年多前才剛買下。我有個房子在城外的富理森丘，我想如果我需要在城裡有個地方的話，這裡挺不錯的。」
「有誰知道這裡？」
「沒人。」他斜身捻熄香菸。「有個關於政治人物的故事。」他說：「有一個人，民意調查顯示他有了麻煩，他的對手就要將他徹底打敗，於是那人的競選幹事就說：『好，我們要做的，就是散播一個故事，告訴大家他跟豬搞。』然後這位候選人就問這是不是真的，競選幹事就說不是。『我們就是要他否認這件事，』幹事說，『就是要他否認。』」
「我懂了。」
「你丟的泥巴夠多，總有些泥巴會黏住。有些操他媽的警察用波提雅把我引出來，事情就是這樣。他們要我停止與普傑尼恩合作，然後她就會撤銷那些控訴，整件事情就是如此。」

「你知道是誰幹的嗎？」

「不知道。我不能突然停止與普傑尼恩合作，而我又要這些控訴被撤銷。他們在法庭上不能把我怎麼樣，但這不是重點。就算不上法庭，他們也會進行局內調查；如果他們知道他們將要面對什麼樣的結論，他們就會住手，否則他們會馬上將我停職，最後把我踢出警局。」

「我以為你辭職了。」

他搖搖頭。「老天，我為什麼要辭職？我都待了十二年多，就快十三年了，我現在為什麼要辭職？我一決定跟普傑尼恩聯絡時，我就開始休假。你無法一邊值勤，一邊又要應付特別檢察官。待在局裡有太多被惡整的機會了，但是我從來沒想過要辭職。等事情結束，我還想回去上班。」

我看著他。如果他的最後一句話是真的，那他就要比他看起來或表現出來的笨得太多。我不了解他幫普傑尼恩的目的是什麼，不過我確定他的警察生涯是玩完了。他已經讓自己沾上污點，下半輩子都得背上這樣的烙印過活了。他已經讓他自己從警官變成一個死老百姓，只要他活著，這個階級標誌就不會消失，這與調查是否動搖警局無關，這也和誰會因此被迫提早退休或者誰會垮台無關。這些都不要緊，每一個在職警察——清白的或骯髒的、正直的或貪污的——這一生都會對傑瑞．布羅菲爾冠上卑鄙之名。

他應該知道這一點，畢竟他在這一行待了十二年。

我說：「我不知道我要從哪裡切入？」

「幫你換一杯飲料？馬修？」

「不必了。你要我從何處進場？布羅菲爾。」

他揚起頭瞇上眼。「很簡單，」他說，「你曾經是警察，所以你知道那些手段，而你現在是個私家偵探，因此你可以自由運作。然後——」

「我不是私家偵探。」

「我聽說是。」

「偵探得經過重重考試取得執照，他們收費而且保存記錄、申報所得稅，這些我都不做。有時候我會為某些朋友做某些事情，當做人情；對方有時會給我錢，也是人情。」

他再次揚起頭，然後很了解的點點頭，似乎表示他很高興知道這裡面有個祕密機制，而他也很高興知道這個機制是怎麼回事。每個人都有自己的立場，我的就是這樣，而他則敏銳得足以了解我的立場。這孩子喜歡選邊站。

「好，」他說，「不管你是不是偵探，你都可以賣我一個人情。你可以去見波提雅，搞清楚為什麼她要捲進這檔子事，你看看她有什麼事犯在他們手上，而我們可以怎樣突破他們的控制。最要緊的是，搞清楚到底是誰讓她提出控告；如果我知道那個雜種的名字，我們就知道怎麼跟他打交道。」

他繼續這樣說，但是我不太在意。當他慢下來喘口氣的時候，我說：「他們要你和普傑尼恩冷卻下來，要你離開這個城市，停止合作。」

「他們一定想這樣。」

「那你為什麼不？」

他瞪著我。「你一定在開玩笑。」

「你最初為什麼會和普傑尼恩聯手？」

「馬修，你不覺得那是我的事嗎？是我僱你幫我做事。」也許他覺得這些話太尖銳了，便試圖以微笑緩和。「這他媽的，馬修，又不是說你得知道我的生日或是口袋裡有多少銅板才能幫我，對吧？」

「普傑尼恩沒有你的把柄，你只是自己走進他辦公室，告訴他你有一些可以動搖整個市警局的訊息。」

「沒錯。」

「而且也不是說你過去這十二年來都被蒙在鼓裡。你又不是唱詩班的純潔小男生。」

「我？」他大大的一笑。「完全不是，馬修。」

「那我就不懂了。你的目的何在？」

「我一定要有目的嗎？」

「你絕不會沒有目的而上街亂走。」

他想了一下，決定不對這句話發火，並以咯咯笑聲取代。「你一定要知道我的目的嗎？馬修。」

「嗯。」

他啜了一口酒，仔細的思量。我幾乎希望他叫我滾蛋，我想走開然後把他忘記。他是個捲入某件我無法理解的事、也無法讓我產生好感的人，我真的不想攪入這蹚渾水。

然後他說：「你應該比其他人都要了解。」

我沉默不語。

「馬修，你曾經在警界十五年，對吧？你有過升遷，你做得很好，所以你一定知道狀況。你必須是個清楚遊戲規則的人，我說得沒錯吧？」

「說下去。」

「你在裡面待了十五年，再混五年，你就可以拿到退休金，但是你卻提早捲鋪蓋走人。你這就可以懂我的想法了，是不是？你到了一個臨界點，就再也無法忍受貪污、敲詐、花錢消災這類髒事都在你身邊發生。你的情況是，你打包回家，遠離那裡。我尊重你的想法，相信我，我說真的。但是我考慮過後，我覺得這對我不夠，這樣的路不適合我，我不能就這樣從我待了十二年的地方拍拍屁股走人。」

「就快十三年了。」

「啊？」

「沒事，你繼續說。」

「我是說我不能只是轉身走開，我必須做點什麼讓事情好轉。不必全部變好，也許只好一點點，而這表示有些大頭要捲鋪蓋走人。我很抱歉，但是一定得這麼做。」他那張一直故作真誠的臉上，突然出現一個大得嚇人的笑容。「聽著，馬修，我不是操他媽的什麼聖徒，我是個會選邊站的人，你之前這麼評斷我，說得沒錯。我知道一些艾柏納難以置信的事情，一個正直的人絕不會聽到這些事情，因為那些聰明傢伙在他走進房間時會閉嘴，但是像我這樣的人就有機會聽到一切。」他向前傾身。「我再告訴你，也許你不知道。當你還有警徽的時候，情況可能還沒有這麼糟，但是這操他媽的整個城市都是可以賣的。任何領域你都可以買通警察，一直到一級謀殺。」

「我從來沒聽說。」這句話並不完全真實，我聽過，只是從來不相信。

「不是每一個警察都這樣，馬修，當然不是。但是我知道兩個案例——這兩個是我知道的事實——有幾個傢伙跟他們的頭兒因為殺人在街上被逮，結果他們買通地下管道讓他們得以走出警局。還有迷幻藥，操，我不必告訴你迷幻藥的事情，那是一個公開的祕密。每個毒販頭子都會在暗袋裡放個幾千塊，隨身攜帶，那叫『過路費』——警察堵你的時候，你塞給他，他就會放人。」

事情一直都是這樣的嗎？對我來說似乎不是。警察總是拿錢，有人拿多，有人拿少，有人對於順水錢財來到面前絕不說不，另外有些人的確到外面為錢奔走。但也有些事不會有人做；不會有人拿殺人犯的錢，不會有人拿毒販的錢。

但是世事的確會改變。

「所以你就再也受不了了。」我說。

「對，而你應該是最不需要我說明這些事情的人。」

「我不是因為貪污才離開警界的。」

「哦？那是我弄錯了。」

我站起來走向他剛才放下波本酒瓶的地方，給自己加了酒，喝下一半，然後我站著說：「貪污從未讓我那麼困擾，那讓我家衣食無缺。」我說給布羅菲爾聽，也說給自己聽。他並不真的在乎我怎麼離開警局，如同我也不怎麼在意他是否知道真正的理由。「我拿我能拿的。我從來不會到處伸手，我也從不讓一個我認為犯下嚴重罪行的人用錢脫罪，但是我們也從未有一個星期是光靠市府糧餉過日子的。」我將杯裡的酒一飲而盡，「你拿了很多，市府付的薪水買不起這套西裝。」

「毫無疑問。」那個微笑又來了，我不是那麼喜歡它。「我拿了很多，馬修，毋庸多辯。但是我們都劃了一定的界限，對嗎？你到底為什麼辭職？」

「我不喜歡勤務的時間。」

「說真的。」

「這個理由很真了。」

我只想告訴他這麼多。就我所知，他已經知道整件事的來龍去脈，或者是最近在街頭巷尾傳說的版本。

理由其實很簡單。幾年前我在華盛頓高地的一個酒吧喝了點酒，當時我沒當班，所以我可以隨心所欲的喝。這個酒吧是一個條子們可以免費喝酒的地方，或許這已構成賄賂警察之嫌，不過我倒也從來不會因此良心不安。後來兩個年輕混混進來打劫，並且在離開的時候開槍打死了酒保。我追到街上，射光配槍裡的子彈，打死了一個小雜種，另一個則給打跛了，但是其中一個子彈去了不該去的地方。它射到了什麼東西反彈回來，或者反彈了好幾次，最後射進了一個叫艾提塔・里維拉的七歲小女孩的眼睛，並穿過眼睛射進了她的腦袋。艾提塔・里維拉死了，絕大部分的我也死了。

事後他們進行調查，我不但完全無罪，甚至還獲得了嘉獎。不久之後，我便辭了職，並且與安妮塔分居，搬進了五十七街上的旅館。我不曉得這一切是怎麼串在一起的，或是這一切是否真的有所關聯；不過似乎種種因素加起來，導致我無法再熱中於當個警察。但是這一切都與傑瑞・布羅菲爾無關，因此他也不會從我口中聽到這些。於是我說：「我並不是很清楚我能替你做什麼。」

「你能做的比我能做的要多，你可沒有被困在這間鬼公寓裡。」

「誰幫你帶食物？」

「我的食物？哦，我出去隨便吃吃就好，不過我吃得不多，也不常出去。我離開這棟大樓或回來的時候都會注意不要讓人看到。」

「遲早有人會跟上你。」

「他媽的，這個我知道。」他又點了一支菸，他的金色Dunhill打火機就像一塊金屬片消失在他的大手掌中。「我只是想給自己爭取幾天時間。」他說，「如此而已。波提雅昨天把她自己散到所有的報紙上，從那時候起我就在這裡了。我想如果我運氣好的話，我可以在這個安靜的社區躲上一個禮拜。在那之前，也許你可以讓她停止動作。」

「也或許我什麼也不行。」

「你會試嗎？馬修？」

我其實不太想。我手頭是有點緊，但這並不困擾我。現在是月初，我的房租已經付到月底，手上還有足夠的現金讓我泡在波本和咖啡裡，也有一點閒錢可供我吃點好吃的奢侈一下。

我不喜歡這個自大的龜兒子，但是這並不妨礙我幫他做事。事實上，我通常喜歡幫我不喜歡也不尊敬的人做事，這樣成效很差的時候我比較不會痛苦。

所以我不喜歡布羅菲爾根本不是問題；同樣不成問題的是，他告訴我而我又相信的大概不超過百分之二十——只是，我不確定該相信哪百分之二十。

而最後這一點可能幫我做了決定。因為我顯然想搞清楚關於傑瑞．布羅菲爾的事哪些是真的，哪些又是假的；他為什麼和艾柏納．普傑尼恩聯手；波提雅．卡爾在其中又扮演什麼角色；以及是誰、如何、為什麼要設計他。我不知道我為什麼要知道這些，但是我顯然想知道。

「好吧。」我說。

「你願意一試？」

我點頭。

「你會要些錢。」

我又點頭。

「多少？」

我向來不知道該如何收費。這筆生意聽起來好像不會花很多時間——無論我能不能找到方法幫他，而不管能或不能，要不了太久我就會知道。但是我不想給自己開價太低，因為我不喜歡他，因為他很狡猾，穿著昂貴的衣服，並且用鍍金的Dunhill打火機點菸。

「五百美元。」

他覺得這簡直是天價。我告訴他，如果他想，他可以找別人。他馬上向我保證他沒有那個意思，然後他從西裝內袋拿出一個皮夾，點出許多二十元和五十元鈔票。在他把五百美元放在他面前的桌上之後，他的皮夾裡依然剩下很多。

「希望你不介意付現。」他說。

我告訴他，沒有問題。

「沒人會介意這個，」他說，然後又給我一個招牌微笑。我坐在那裡看了他一兩分鐘，然後向前傾身拿了那筆錢。

4

它正式名稱是「曼哈頓男子拘留所」，但我從沒聽過有誰這麼稱呼它。大家都叫它「墓穴」，我不知道為什麼，不過這個名字倒是與褪色、冰冷而且毫無生氣的建築以及裡面的「居民」十分相稱。

它位於懷特街口的中央街上，離警察總局和刑事法庭大樓很近。每隔一陣子，就因為內部騷動而出現在報紙和電視新聞上，然後市民們會看到一則報導，揭露裡面令人毛骨悚然的狀況，然後許多熱心公益的市民開始簽名請願，有人會任命一個調查委員會，許多政客便因此頻開記者會，裡頭的警衛便因此要求加薪，幾個星期之後，一切煙消雲散。

比起絕大部分的城市監獄，我不認為這座監獄有糟到哪裡去。它的自殺率很高，但那是十八到二十五歲的波多黎各男子在無特殊理由的情況下，在牢房裡上吊的傾向造成的部分結果——除非你把「身為一個被關在牢裡的波多黎各人」視為充分的理由。同一個年齡層而且處於相同狀況的黑人和白人也會自殺，但是波多黎各人的比率較高，而紐約的波多黎各人又比其他城市多。

另一個使比例升高的原因是，無論全美國的波多黎各人是否用天花板的燈架上吊，「墓穴」的警衛都不會因此放棄一點點睡眠。

在經過幾個小時的輾轉反側、頭昏腦脹之後，我於十點半抵達了「墓穴」。我在路上草草吃了點早餐，並且看了《紐約時報》和《新聞報》。關於布羅菲爾和那個「據說」被他殺害了的女孩，沒太多特別的報導。《新聞報》是登了這則新聞，當然也上了頭條，還在第三版大肆渲染了一番。但要是我相信報紙上寫的，波提雅．卡爾就不是被勒死的；因為報導寫某人拿了什麼東西重擊了她的腦袋，然後用利器刺進了她的心臟。

布羅菲爾在電話裡說，他想她曾經被勒頸。這意味著他可能是在裝傻，或者是他搞錯了，要不然就是《新聞報》上都是狗屎。

無論是對是錯，《新聞報》上就登了這些，其他則是些背景資料。即便如此，他們還是領先了《紐約時報》——這個全市最晚降版的報紙連一行字也沒有登。

8

他們讓我在他的牢房裡見他。他穿著窗格子似的西裝，海軍藍的底，淺藍線條，裡面是件訂做襯衫。如果你要接受審判就能穿著自己的衣服，不過如果你進了「墓穴」，就得穿上標準的囚服。但是這不會發生在布羅菲爾身上，因為如果他被定罪，他將會被送到紐約州北部的新新、丹摩拉或亞提加監獄；謀殺罪不會在「墓穴」服刑。

警衛打開他的牢房鐵門，把我和他一起鎖在裡面。我們一直默視著彼此，直到警衛大概已經遠得聽不到我們談話，他才說：「老天，你來了。」

「我說過我會的。」

「對，但是我不知道是否該相信你。當你環顧四周，發現自己被關在牢房裡，發現你成了階下囚，發現一件你絕不相信會發生的事情，竟然真的發生了。他媽的，馬修，我已經不知道該相信什麼了。」他從口袋裡拿出一包菸遞給我，我搖搖頭，他便用那個金色Dunhill為自己點燃一支菸，然後在手裡掂弄著打火機。「他們讓我留著這個，」他說，「我很意外，我沒想到他們會讓你帶打火機或火柴。」

「也許他們信任你。」

「噢，當然。」他指著床，「我很想請你坐椅子，但是他們沒有提供。你可以坐床。當然這上面非常非常有可能住著小生物。」

「我站著就好。」

「對，我也是。好日子很快就要來了，我今晚就得睡在這張床上。為什麼那些混蛋不起碼給我張椅子坐？你知道嗎，他們拿走了我的領帶。」

「那大概是標準程序吧。」

「一點沒錯。不過我得了點便宜，你知道。當我走進公寓大門，我就知道我最後會被關進牢裡。那時我還不知道波提雅的事，我不知道她在裡面，不知道她已經死了，什麼都不知道。但是我一看到他們，我就知道我會因為她誣賴我的事情被捕，所以當他們問我問題時，我就開始脫掉西裝，脫掉長褲，踢開鞋子。你知道為什麼嗎？」

「為什麼？」

「因為他們必須讓你穿上衣服。如果一開始你就穿好衣服，他們便可以馬上把你抓走，但是如果你沒有，他們就得讓你穿上衣服，他們不能讓你穿著內衣就把你拉上街。於是他們讓我穿衣服，而我則選了一套褲子不需要繫皮帶的西裝。」他打開西裝上衣給我看。「並且挑了一雙便鞋，你看。」他拉起一隻腳的褲管，展示一隻深藍色的鞋子，看起來像是蜥蜴皮。「我知道他們會拿走我的皮帶和鞋帶，所以我選了不需要皮帶和鞋帶的打扮。」

「但是你打了領帶。」

他又給了我一個那老套的微笑，這是我今天早上第一次看見。「我他媽是打了領帶。你知道為什麼嗎？」

「為什麼？」

「因為我要離開這裡。你要幫我，馬修。事情不是我幹的，而你會想辦法證明，他們知道以後，即使不情願也得讓我出去。當他們放我出去的時候，他們會把我的手錶、皮夾還給我，而我會把手錶戴在手上，把皮夾放進口袋裡。同時他們會把領帶還我，我會在鏡子面前慢慢的把領結打好。我可能會打他個三、四次，直到我打的領結完全讓我滿意為止。然後我會像個百萬富翁似的走出大門步下石階，這就是為什麼我要打那條他媽的領帶。」

這番演說也許讓他覺得好了一些，如果沒有別的事可以提醒他自己是個有身分、有風格的人，這個想法在監獄裡倒是挺有用的。他提了提他寬闊的肩膀，聲音裡帶著自憐的嘀咕，我拿出我的筆記本，讓他回答了幾個問題，答案不算差，但是對於幫他解圍沒有太大幫助。

8

他說，他跟我談完不久之後，他就出去買了三明治，時間大約是下午六點半。他在園林街的一家熟食店買了一個三明治和幾瓶啤酒，然後帶著東西回他的公寓，坐下來邊聽廣播邊喝啤酒，直到午夜前電話鈴聲再度響起。

「我以為是你，」他說，「沒有人打過電話到那裡找我，那支電話沒有登記，所以我就猜是你。」

但是他並不認識電話裡的聲音。那是一個男性的聲音，聽起來像是刻意喬裝過。打電話來的人說他可以讓波提雅．卡爾改變主意撤銷告訴。對方要布羅菲爾立刻到布魯克林灣脊區歐雲頓大道的一家酒吧去，坐在酒吧裡喝啤酒，會有人過來與他聯繫。

「這是為了把你引出公寓。」我說，「也許他們太天真了，如果你能證明你在酒吧裡，而時間上也符合的話——」

「那裡根本沒有酒吧，馬修。」

「啊？」

「我一開始就該想到。但是我以為我可能會錯過什麼，對不對？如果某人要抓我，而他們已經知道我的公寓在哪裡，他們不必如此大費周章，不是嗎？所以我搭了地鐵到灣脊，找到了歐雲頓大道。布魯克林你熟嗎？」

「不是很熟。」

「我也不熟。我找到歐雲頓大道，但是找不到應該在那裡的那個酒吧，我就猜到我被耍了。我查了布魯克林的商用電話簿，它沒有列在上面，但是我仍然繼續尋找，你知道，最後我終於放棄，掉頭回家。這時候我猜我可能為了某件或其他什麼事而被設計了，但是我依然想不出原因。當我走進我的公寓時，那裡全都是警察，然後我看到波提雅在公寓的角落，身上蓋著一張床單，這就是為什麼某個狗娘養的要我在灣脊追著我自己的尾巴打轉，而且沒有酒保可以作證當時我人在那裡，因為那裡根本沒有一個叫做『高袋酒廊』的酒吧。我在那裡看見好幾個酒吧，但是我說不出名字，況且那也不能證明什麼。」

「也許那些酒吧的某個酒保可以認出你。」

「而且肯定在那段時間？即使如此，還是不能證明什麼，馬修。我來回都坐地鐵，而地鐵開得很慢。如果我搭計程車，他們會說我企圖製造不在場證明。他媽的，就算以地鐵運行的速度，我還是可能在十一點半左右離開公寓前往灣脊之前在我公寓裡殺了波提雅。只是，我離開的時候她不在那裡，我沒有殺她。」

「是誰幹的？」

「不是很清楚。某人想看我因謀殺被關，讓我無法揭穿有『優良傳統』的紐約市警局。現在我想問，誰想看著這一切發生？誰有理由想看？」

我看了他一分鐘，然後將目光滑向一旁，問他誰知道他的公寓地點。

「沒人知道。」

「胡說，道格．佛爾曼就知道，是他帶我去的。我還知道那裡的電話號碼，因為你告訴過我。佛爾曼知道電話號碼嗎？」

「我想是。對，我很確定他知道。」

「你和道格為什麼會變成好朋友？」

「他曾經訪問過我一次，為了某本他在寫的書，後來我們就成了酒友。為什麼問？」

「我只是好奇。還有誰知道那間公寓？你老婆？」

「黛安娜？鬼才會告訴她。她知道我常常得在城裡過夜，但是我告訴她，我住旅館裡。我不想告訴她這間公寓的事，一個男人告訴老婆他弄了間公寓，這對她只有一個意義。」他又微笑，就像往常一樣唐突，「有趣的是，我最初弄這間公寓是為了我想睡覺的時候有個地方可以躺下，可以換換衣服之類的，但是我幾乎沒有帶女人去過，她們通常有她們自己的地方。」

「但是你帶幾個女人去過。」

「偶爾。譬如在酒吧遇到一個已婚女人什麼的，大部分時候她們並不知道我的名字。」

「有誰是你帶去過，又知道你名字的？波提雅．卡爾？」

他遲疑了一下，這就差不多算是回答了，「她有自己的地方。」

「但是你也帶她去過巴羅街的公寓。」

「只有一兩次。但是她不會故意把我拐出去，然後溜進公寓打昏自己，對吧？」

我沒回嘴。他試著想其他可能知道這間公寓的人，但是什麼也沒想起來。就他所知，只有佛爾曼和我知道他藏在那裡。

「任何知道這間公寓的人都可能是矇到的，馬修，他們只要拿起電話試一試就行了。而且任何人只要問酒吧裡某個我可能不記得的婊子，就會知道這間公寓的事，譬如『噢，我打賭那個雜種一定藏在他的公寓裡。』——然後其他人就會知道這間公寓。」

「普傑尼恩辦公室知道嗎？」

「他們為什麼該知道？」

「在卡爾控告你之後，你跟他們談過話嗎？」

他搖搖頭。「幹嘛談？自從她的故事上了所有的報紙，我便沒再跟那個狗娘養的聯絡，我不指望他能幫上什麼忙。這位『廉潔先生』只想成為第一個亞美尼亞血統的紐約州長，他一直注意著紐約州的首府阿爾巴尼，更何況他也不是第一個打著犯罪鬥士的美名，進軍哈德遜河上游的人。」

「我都能舉出一個會搶在他前面的人。」

「我不意外。如果我讓波提雅改變她的說法，普傑尼恩會很高興見我，但是現在，她再也不會改變說法，他也絕不會試著幫我了。也許我最好去找哈德斯提。」

「哈德斯提？」

「納克斯．哈德斯提，美國地方檢察官，至少他是聯邦檢察官。他是個野心勃勃的龜兒子，但是他可能比普傑尼恩對我更有好處。」

「哈德斯提又是怎麼扯進來的？」

「他沒有。」他走到狹窄的床邊坐下，然後點了另外一根菸，吐出一團煙雲。「他們讓我帶進一條菸，」他說，「我猜如果你被關進牢裡，花招肯定更多。」

「你為什麼提到哈德斯提？」

「我想過去找他。事實上，我跟他提過，但是他沒有興趣。他會調查市府的貪污案，但是僅限於政治方面的，他對警察貪污案沒興趣。」

「所以他叫你去找普傑尼恩。」

「你在說笑嗎？」他似乎很驚訝我會這樣說。「普傑尼恩是共和黨的，」他說，「哈德斯提是民主黨的，他們兩個都想當州長，幾年之後，他們兩人可能會成為競選對手。你想哈德斯提會做球給普傑尼恩嗎？哈德斯提只是叫我回家，把腦袋泡清楚。去找普傑尼恩是我自己的主意。」

「你去找他只是因為你再也不能忍受貪污了。」

他看著我。「這也是個好理由。」他語調平穩地說。

「如果你說它是，它就是。」

「我說是。」他的鼻孔向外張開。「我為什麼找普傑尼恩讓事情有什麼差別？現在他和我已經告一段落，無論是誰設計我，他已經達到他的目的；除非你有辦法扭轉乾坤。」他站了起來，手裡拿著菸比個手勢。「你必須找出是誰、怎樣設計我，因為沒有其他的辦法能讓我脫身。我可以上法庭搞定這件事，但是我今後就別想擺脫這個臭名了，人們會以為我是運氣好才得以在法庭上脫身。你知道有幾個人因為犯下重罪被起訴而引起喧騰？當他們被判無罪，你會想當然耳的認為這些人是清白的嗎？大家都說殺了人一定逃不過懲罰，馬修，但是有多少個名字是你發誓他們的確殺了人卻逃過懲罰的？」

我想了一想。「我可以列出一打。」我說，「而且我知道還更多。」

「沒錯。如果再加上那些你認為『可能』有罪的，你可以列出六打。所有李．貝利辯護過的人都脫了罪，所有人都肯定那群雜種是有罪的。我曾經不只一次聽到條子說，某某人一定有罪，否則他為什麼需要李．貝利替他辯護？」

「我也聽過同樣的說法。」

「當然，我的律師應該很行，可是我需要的不只是律師，因為我要的不僅是開釋而已。但是我無法得到警方的協助，那些捲進這案子裡的傢伙都樂得袖手旁觀，沒什麼比看我搞得一身灰頭土臉更讓他們高興了，所以他們幹嘛要費心徹查此案？他們只會費心尋找更多方法讓我不得翻身。如果他們發現任何一點會破壞這件案子的線索，你可以猜到他們會怎麼做。他們會將它埋得深深的，你乾脆跑到中國大陸去挖還比較容易找到。」

我們又核對了幾件事，然後我在筆記本裡寫下好幾條。我有了他在富理森丘的住家地址、他老婆的名字、他律師的名字和其他一些零星的資料。他從我的筆記本裡撕了空白的一頁，然後借了我的筆，寫了一張委託書給他老婆，要她給我兩千五百美元。

「現金，馬修。如果不夠，還可以再給。該花的就花，我一定會給你，只要你搞定它，讓我打上那條領帶走出這個鬼地方。」

「這些錢都從哪裡來的？」

他看著我。「這很重要嗎？」

「我不曉得。」

「我操他媽的該怎麼說？說從我薪水中省下來的嗎？你應該知道。我已經告訴你，我從來就不是童子軍。」

「嗯。」

「錢從哪裡來有什麼關係嗎？」

我想了想。「不，」我說，「我想沒有。」

當我們穿過長廊出來時，警衛說：「你自己也是個警察，對吧？」

「有一陣子是。」

「而現在，你幫他做事。」

「沒錯。」

「嗯，」他很明智的說，「我們不是常常需要選擇為誰工作，人總得謀生。」

「這是真的。」

他輕輕的吹起口哨。他大概五十多快六十，雙下巴，圓肩，手臂上有豬肝色的斑，聲音因為浸淫威士忌和香菸多年而沙啞。

「想把他弄出去？」

「我不是律師。如果我能找到一些證據，也許他的律師可以弄他出去。為什麼問？」

「我只是在想，如果他脫不了罪，他最好祈禱仍有死刑。」

「為什麼？」

「他是個警察，不是嗎？」

「所以呢？」

「嗯，你想想看，現在，我們把他一個人單獨關在牢房裡，穿著他自己的衣服，等待審判和審判帶來的一切，就只有他一個人。但是假設他被定罪了，而且被送到監獄，比方說，亞提加，他就會跟一群不用討好警察的罪犯關在一起，而他們大半都是天生就討厭警察的。在牢裡要吃的苦夠多了，但你想得到比這狗雜種更慘的嗎？」

「我沒有想過。」

那個警衛用舌頭頂住上顎發出「咯」的一聲。「哼，他無時無刻都得提心吊膽，擔心哪個黑鬼會不會帶著自製小刀來找他。你知道，他們從食堂偷拿湯匙，然後帶到樓下的廠房去磨。幾年前我在亞提加工作過，我知道他們在那裡搞什麼。你記得那次大暴動嗎？他們挾持了人質什麼的那次？早在那之前我就離開了，但是那些被殺害的人質裡，有兩個警衛是我認識的人。那個亞提加是個地獄，你的朋友布羅菲爾被送到那裡兩年之後如果還能活著，算是他運氣好。」

接下來的路上我們都沒說話。當他要離開我的時候，他說：「世界上最難熬的時刻就是一個警察在坐牢的時候。但是如果有誰該受到這種待遇的話，我得說，這雜種是自作自受。」

「也許他沒有殺害那個女孩。」

「哦，去他的，」他說，「誰在乎他是不是殺了她？他跑去出賣自己的同袍，對吧？他背叛了他的警徽，不是嗎？我他媽的才不在乎那個骯髒的妓女，或者是誰殺了她、誰沒殺她。不管關在這裡的那個雜種下場如何，他都是活該。」

因為地理位置的關係，我先去了位在中央與懷特街口的「墓穴」。而艾柏納．普傑尼恩和他手下那些拚命三郎的辦公室就在四條街外的渥斯街上，地點位於教堂街和百老匯大道之間。那是一棟狹窄的黃色磚面建築，普傑尼恩和幾個會計師、一家影印店和幾個進出口商一起分租那棟樓，一樓則有個修皮鞋和重打帽樣的店。我爬上又長又陡而且還嘎嘎作響的樓梯，他的辦公室要是再高一層我可能就會掉頭放棄。但是我走到了他那一樓，門是開的，於是我便進去了。

星期二，也就是我第一次見到傑瑞．布羅菲爾的隔天，我花了將近兩美元的銅板，試著打電話找波提雅．卡爾。當然，不是一次花完，而是一次一角錢。她有電話答錄機，而當你用公共電話接通了答錄機，通常那一角錢就會被吃掉。如果你掛斷得夠快，或者你很幸運，或是你的反應很快，你就可以拿回你的一角錢。當那天一點一點的過去，這種狀況發生的頻率也愈來愈低。

在我浪費那些一角錢之前，我曾試著透過其他管道找她，其中一個方法與一位叫伊蓮．馬岱的有關。她與波提雅．卡爾從事同樣的工作，而且就住在附近。我去找伊蓮，她告訴我一些波提雅的事，都不是第一手的——她並不認識她——僅僅是她時不時聽到的八卦消息。這個波提雅特別能滿足人性虐待的幻想，據說她最近拒絕接客，而且她有個很顯要、惡名昭彰或是很有力之類的

「特別朋友」。

普傑尼恩辦公室裡的那個女孩和伊蓮像得可以當姐妹。她對著我皺眉，我才發現自己直盯著她看。再看了一眼，我發現她其實沒有那麼像伊蓮。她們相似的地方主要在於眼睛；她有雙和伊蓮一樣黑而深陷的猶太眼睛，而且和伊蓮一樣，她的眼睛占了整張臉的主位。

她問我是否她能幫上忙，我說我要見普傑尼恩，她便問我有沒有約好，我承認我沒有，她就說他和他大部分的工作人員都出去吃午餐了。我決定不要只因為她是個女人便以為她是祕書，然後我開始告訴她我的來意。

「我只是個祕書，」她說，「你要等普傑尼恩先生回來嗎？或者你要找羅比爾先生，我想他應該在辦公室裡。」

「誰是羅比爾先生？」

「普傑尼恩先生的助理。」

這樣的介紹還是沒有告訴我什麼，不過我要求見了他。她指著一張木製的折疊椅子，看來就如同布羅菲爾牢房裡的那張床一樣「吸引」人。所以我還是站著。

幾分鐘之後，我隔著一張貼了橡木皮的書桌，坐在克勞德．羅比爾的對面。我小時候，每一個我曾經待過的教室裡面都有一張這樣的桌子供老師使用。除了體育和工藝課之外，我只給女老師教過。但是如果我曾經有過男導師，可能會有點像羅比爾，坐在桌子後面就像在家一樣自在。他有一頭深棕色的短髮，小嘴兩邊的法令紋深得像一對括弧。他的手很厚實，手指短胖泛青，看起來很柔軟。他穿著一件白襯衫，繫著棗紅色的領帶，襯衫的袖管則捲起。他讓我覺得好像我做錯了什麼事，而且我不知道錯在哪裡的無知完全不可原諒。

「史卡德先生，」他說，「我想你是我今天早上通過電話的那位警官。我只能重複早上說過的話，普傑尼恩先生沒有任何有用的資訊給警方，而布羅菲爾先生所犯的任何罪行都超越了這次調查的範圍，本辦公室確實無從得知。我們尚未對媒體人士發言，不過一定會這麼做。我們將拒絕評論此事，並強調布羅菲爾先生曾經自願提供某些對我們有用的資訊，但是我們並未根據布羅菲爾先生提供的資訊採取行動，而在現階段布羅菲爾先生的合法地位沒有確定之時，我們將不會採取行動。」

他就像在讀一篇準備好的文稿似的說完這些話。一般人光是說個句子都會前言不對後語了，羅比爾卻是用段落講話，結構複雜的段落，而他在發表這段小小的演說的時候，他淡色的眼睛一直盯著我的左肩頭。

我說：「我想你弄錯了，我不是警察。」

「你是媒體的人嗎？我以為——」

「我曾經是警察，幾年前已經離開警界。」

對於這個消息他露出一個有趣的表情，其中包含了一些打量。我看著他，一瞬間突然有種似曾相識的感覺，並且花了一分鐘才想起來。他專注時將頭揚向一側，扭曲著臉的樣子，讓我想起我和布羅菲爾的第一次會面。就像布羅菲爾，他也想知道我的立場。他也許是個改革者，也許他替

「廉潔先生」工作，但他本人看來卻跟個想賺點油水的警察一樣利慾薰心。

「我剛見過布羅菲爾先生，」我說，「我為他工作。他說他沒有殺那個叫卡爾的女人。」

「當然他會那樣說，不是嗎？據我所知，她的屍體是在他公寓被發現的。」

我點頭。「他認為他被設計了，他要我試著找出設計他的人。」

「我懂了。」他原本希望我會幫他搞垮整個警局，不過一旦發現我只是想解決這件謀殺案，他好像就對我失去了興趣。「哦，我不肯定本辦公室跟這個有什麼關係？」

「或許吧。我只是想要一個比較完整的圖像。我跟布羅菲爾先生不熟，他是個狡猾的顧客，有時我也無法分辨他是否在說謊。」

克勞德．羅比爾的嘴上浮現少許笑意，看起來跟他不太相稱。「我喜歡你的說法，」他說，「他是個狡猾的騙子，不是嗎？」

「這正是難解之處。他有多狡猾？他說了多少謊？他說是他自己來這裡，你們毋需強迫他捲入此事，他是自願為你們效力的。」

「這倒是真的。」

「很難令人相信。」

羅比爾將雙手手指交錯。「要我們相信也不比要你相信容易，」他說，「布羅菲爾就那樣從外面走進來，他甚至沒有打電話告訴我們他要來；在他闖進來、不求回報的提供我們資料之前，我們從來沒聽說過他這個人。」

「這不合理。」

「我知道。」他傾身向前，表情之中有高度的專注。我猜他大概二十八歲。他的態度讓他多添了幾歲，但是當他激動起來，那幾歲就會剝落，你會發現在外表之下的他有多年輕。「這讓人很難信賴這個人說的任何事情，史卡德先生。根本沒有人能看穿他的動機。哦，他要求豁免起訴，因為他將揭發的一切可能涉及他自己，不過我們本來就會提供這項條件，但他要的僅止於此。」

「那他到底為什麼來這裡？」

「我一點頭緒也沒有。跟你這麼說吧，我沒有馬上相信他，不是因為他不誠實。我們常跟騙子打交道，我們必須跟他們來往，但至少他們是合理的騙子，而他的行為卻不合理。我告訴普傑尼恩先生我不信任布羅菲爾，我說我感覺他是個瘋子，一個怪胎，我完全不想跟他有任何瓜葛。」

「你這樣告訴普傑尼恩。」

「對，我說了。我很樂意相信布羅菲爾曾經有過某種宗教經驗而使他轉變為一個全新的人，也許偶爾會有這類事情，但是不常，我不認為他是。」

「大概不是。」

「但是他甚至沒有假裝是。他還是一個跟以前一樣的人，愛嘲諷、活潑，非常精明強勢的一個人。」他嘆了一口氣。「現在普傑尼恩先生也同意我的看法，他很遺憾我們曾經和布羅菲爾有關聯。這個人顯然犯了謀殺案，噢，甚至在這之前，在那個女人向他提告時，就產生一些負面新聞了。這些事情讓我們的立場變得很敏感。你知道嗎，我們什麼也沒做，但是這種局面卻不會為我們帶來什麼好處。」

我點點頭。「關於布羅菲爾，」我說，「你經常見到他嗎？」

「不常，他直接與普傑尼恩先生接觸。」

「他曾經帶任何人到這個辦公室嗎？女人？」

「沒有，他總是一個人來。」

「普傑尼恩或是這個辦公室的任何人曾經在其他地方跟他見面嗎？」

「沒有，他總是來這裡。」

「你知道他的公寓在哪裡嗎？」

「巴羅街，不是嗎？」我豎起耳朵，但是隨後他說，「我原先根本不知道他在紐約有公寓，但是報上不是提到一些公寓的事嗎？好像是在格林威治村吧。」

「波提雅·卡爾的名字曾經出現過嗎？」

「那是被他謀殺的女人，對吧？」

「那是被人謀殺的女人。」

他擺出一個微笑。「接受糾正。我想人不應該妄下斷語，不管結論看起來有多明顯。不，我確定在這條新聞出現在星期一的報紙上之前，我從來沒有聽過她的名字。」

我給他看波提雅的照片，從當天早上的《新聞報》撕下來的。我補充了一些口頭描述，但是他從未見過她。

「我看看，如果我把這些都連起來，」他說，「他向這個女人勒索，一週一百美元，我想是吧？她星期一揭發他，然後昨天晚上她就在他的公寓被殺了。」

「她說他一直勒索她，我見她的時候她也這麼告訴我。我認為她說謊。」

「她為什麼要說謊？」

「讓布羅菲爾失去信用。」

他似乎真的很迷惑。「但是她為什麼要這樣做？她是個妓女，不是嗎？為什麼一個妓女要阻止我們的英雄對抗警察貪污？為什麼另外一個人要在布羅菲爾的公寓殺害一個妓女？這些都讓人不解。」

「嗯，在這方面我同意你的說法。」

「太令人困惑了，」他說，「我甚至不懂一開始布羅菲爾為什麼來找我們。」

我可以。起碼我現在有一個很好的理由，但是我決定不告訴別人。

6

我先回到我的旅社裡，很快地沖了澡，又用電動刮鬍刀刨我的臉。我的信箱格裡有三封留言，三個人都要我回話。安妮塔又打來了，另一個是叫做艾迪．柯勒的分局副隊長，還有一個是馬岱小姐。

我決定安妮塔和艾迪可以稍後。我從旅館大廳的公共電話打給伊蓮，我不想透過旅館的轉接系統打這個電話，也許他們不會聽，但是他們也可能會聽。

當她接起電話，我說：「喂，你知道我是誰嗎？」

「我想我知道。」

「我回你的電話。」

「嗯，我想也是。你有電話方面的麻煩嗎？」

「我用公共電話，你呢？」

「這支電話應該是『乾淨』的。我付錢給一個夏威夷小個子每個禮拜來一次，幫我檢查有沒有被竊聽，到目前為止他還沒有發現什麼，不過他可能不知道怎麼找。我怎麼曉得呢？他小得像貓一樣，我想他的內臟一定都用電晶體代替了。」

「你是位很有趣的女士。」

「嗯，有哪裡不需要幽默感呢？至少我們在電話裡也可以很酷。你也許猜得到我為什麼打電話。」

「嗯。」

「為了前幾天你問的問題。我是個每天看報紙的人，很好奇這些事情會不會衝著我來？我是不是該開始擔心？」

「完全不必。」

「你說真的？」

「當然，除非你為了查明某些事情而打的電話給你帶來些後遺症；我是指那些跟你談過的人。」

「我已經想過而且不再想了。如果你說我不用擔心，那我就不擔心。馬岱太太的女兒喜歡如此。」

「我以為你改過名字。」

「啊？哦，不，我才沒有。我一出生就是伊蓮．馬岱，親愛的。我可不是說我爸在我出世之前從沒幫我改過名字，不過在我出世前，它就已經是個好聽而漂亮的名字了。」

「我可能晚一點會過去，伊蓮。」

「為了生意還是娛樂？讓我換個字眼，為了你的生意還是我的生意？」

我發現自己對著電話微笑。「也許兩者都有一點點，」我說，「我必須出城去皇后區，如果我要過去的話，我會先打電話給你。」
「無論你來不來都打，寶貝。如果你不來，打電話告訴我。這就是為什麼他們放——」
「一角錢在保險套裡。我知道。」
「哇哈哈，所有我最棒的笑話你都知道了，」她說，「你真無趣。」

∞

我搭的地鐵被瘋子用噴漆粉飾，他要給世界的訊息只有一個，只要有機會，無論在何處他都很用心以精緻的花體字或其他的潤色方式，一而再，再而三的重申他的論點。
「我們野是人」，他告訴我們。我不確定這是他寫錯字，或者代表嗑了藥以後靈光閃動所得到的領悟。
「我們野是人」。
在一路坐到皇后大道和大陸大道途中，我有大把時間思考這句話的意義。我下車後走了幾個街口，經過幾條以艾克札特、葛羅頓和哈洛等預備學校命名的街道，最後到達了南森街，布羅菲爾和他的家人居住的地方。我不知道南森街的街名是怎麼來的。
布羅菲爾家的房子很不錯，前面有個漂亮的停車坪，介於人行道和草坪之間有一棵老楓樹。這條街不會讓人弄不清季節，整條街因為紅色和金色的楓葉猶如著了火似的。

房子有兩層樓高，屋齡大概三、四十年，但是很有味道。這一整個街區的房子屋齡都差不多，但是每一棟都很不一樣，所以不會有置身那種集體開發式住宅區的感覺。

同時我也沒有置身紐約五區之一的感覺。住在曼哈頓，你很難記得紐約人住在林蔭街道獨棟住宅的比例有多高；即使是政客，有時都很難記得。

我走上通到屋門口的石板小徑，並按了電鈴。我可以聽見電鈴聲在屋內響起，然後腳步聲逐漸接近門邊，一個留著黑色短髮的苗條女性拉開了門。她穿著一件萊姆綠的毛衣和一條深綠色的長褲。綠色很適合她，和她的眼睛很相稱，同時也使她散發出來的羞澀森林女神氣質更加突出。她很有吸引力，如果她不是剛哭過的話，應該會更美。她的眼眶泛紅，眉頭深鎖。

我告訴她我的名字，然後她便請我入內。她說，我得原諒她，因為這天對她而言糟透了，所有的事情都亂成一團。

我跟著她進入客廳，坐在她指著請我坐的單人沙發上。雖然她說很亂，卻沒有一個地方看起來是亂的。這間客廳裡一塵不染，而且裝潢得很有品味，雖然屋裡的裝飾很保守、傳統，卻不會讓人覺得置身博物館。客廳裡處處可見鑲在銀相框裡的照片，鋼琴上則站著一本翻開的琴譜。她拿起琴譜將之闔起，然後放進鋼琴凳裡。

「孩子們都在樓上，」她說，「莎拉和珍妮佛今天早上去上了學，他們在我聽到新聞前就出門了。他們回來吃午餐以後，我就把他們留在家裡，艾力克明年才要上幼稚園，所以他平常都在家。我不知道他們怎麼想，我也不知道該跟他們說什麼。電話不停的響，我真想把電話線拔掉，但要是有人有急事找我怎麼辦？要是我真拔掉了，就接不到你的電話了。真希望我知道該怎麼做。」她畏縮的絞弄著她的手。「我很抱歉，」她說。現在她的聲音比較穩定了：「我嚇壞了，這件事讓我茫然失措。前兩天我不知道我丈夫人在哪裡，現在終於有了消息，卻知道他被關在監獄裡，而且還被控殺人。」她讓自己吸了一口氣：「你要來點咖啡嗎？我剛燒了一壺，還是你要更濃烈的？」

我告訴她給我咖啡加威士忌好了。她走進廚房，帶著兩大馬克杯的咖啡出來。「我不知道你要加哪一種威士忌，要加多少，」她說，「那邊有個酒櫃，你自己挑你喜歡的好嗎？」

酒櫃裡琳瑯滿目的都是些名貴的酒。我並不意外，就我所知，每個警察都會在聖誕節前後收到一堆酒；不好意思送錢的人會發現，送一瓶或一箱好酒要容易得多。我倒了一大杯「野火雞」；這麼做大概很浪費吧，因為不管把哪種波本酒倒進咖啡裡，喝起來味道都一樣。

「那樣搭配好喝嗎？」她站在我身邊，雙手拿著馬克杯。「或許我也會試試，我平常不太喝酒，我向來不喜歡酒的味道。你認為酒能讓我放鬆嗎？」

「也許沒什麼大礙。」

她舉起她的馬克杯。「麻煩一下？」

我把酒倒進她杯裡，她用湯匙攪拌之後，嘗試性的啜了一口。「哦，好喝耶。」她用一種近乎童音的語調說：「喝了就覺得暖暖的，不是嗎？這很烈嗎？」

「跟雞尾酒差不多濃，而咖啡可以抵消部分酒精作用。」

「你是說不會醉？」

「最後還是會喝醉，但是你不會半途就醉醺醺。你通常只喝一杯酒就醉嗎？」

「我通常可以『感受』一杯，恐怕我不是能喝的人，但是我不認為這杯咖啡會讓我醉。」

她看著我，短暫的一瞬間，我們彼此用眼睛打量對方。我直到現在還不是很清楚的明白發生了什麼事，但是我們的眼光相接，交換了一些無言的訊息。那一刻我們肯定做成了某些決定，雖然我們並未有意識的注意到這個決定，甚或之前的訊息。

我打破了凝視，從我的皮夾裡拿出她先生所寫的紙條交給她，她很快掃了一眼，然後再仔細的讀了一次。「兩千五百美元，」她說，「我想你現在就要吧，史卡德先生。」

「我可能會有某些支出。」

「當然。」她將紙條摺成一半，然後又再摺了一次。「我不記得傑瑞提過你的名字，你們認識很久了嗎？」

「一點也不。」

「你在警隊服務，你們共事過嗎？」

「我曾經在警隊服務，布羅菲爾太太。現在我算是私家偵探。」

「只是『算是』？」

「沒有執照的那種。在警隊這麼多年之後，我對於填表格有種厭惡感。」

「厭惡感。」

「什麼？」

「我說得很大聲嗎？」她突然微笑，整張臉因而明亮起來。「我想我不曾聽過一個警察用這樣的字眼。哦，他們用詞比較籠統，不過是特定類型的，你知道。『有嫌疑的行凶者』是所有警察用語中我最喜歡的，『作惡多端之徒』也很棒。除了警察或記者沒人會說某人是一個『作惡多端之徒』，而且記者只是寫而已，他們也不會真的說這個字。」我們的目光再度交會，她的微笑逐漸消失。「我很抱歉，史卡德先生。我又在胡說八道了，對吧？」

「我喜歡你胡說八道的方式。」

有那麼一瞬間，我以為她會臉紅，但是她沒有。她吸了一口氣，並確認我是否希望當場拿錢。我說不必急，但是她說這樣比較好解決。我坐著喝咖啡，她則離開客廳奔上樓。

幾分鐘之後她拿著一捆鈔票回來，並將鈔票交給我。我將鈔票散成扇型來看，全是五十和一百元。我將鈔票放進西裝外套的口袋裡。

「你不數數嗎？」我搖搖頭。「你很信任別人，史卡德先生。我確定你告訴過我你的名字，但是我似乎是忘了。」

「馬修。」

「我叫黛安娜。」她拿起她的馬克杯，大口灌下去，就像在吃什麼苦藥。「如果我說我先生昨晚跟我在一起，會有幫助嗎？」

「他是在紐約被捕的，布羅菲爾太太。」

「我才告訴過你我的名字，你不打算叫嗎？」然後她想起我們剛剛在談的事情，她的語氣就變了。「他幾點被捕的？」

「兩點半左右。」

「在哪裡？」

「格林威治村的一個公寓。自從卡爾小姐提出那些控訴之後，他就一直待在那裡。昨天晚上他被騙出去，在他出去的那段時間，有人把卡爾那女人帶到他的公寓裡殺了，然後報警；或者在她死後把她帶去。」

「或者傑瑞殺了她。」

「這假設並不合理。」

她想了想這句話，然後轉向另一個問題，「那是誰的公寓？」

「我不清楚。」

「真的嗎？那應該是他的公寓。哦，我一直都認為他有個公寓，他有些衣服我好幾年都沒看見了，所以我猜他把一部分衣服放在城裡某處了。」她嘆了口氣，「怪的是，他幹嘛還想瞞著我？我知道這麼多，他也一定知道我曉得，你不認為嗎？他以為我不知道他有別的女人？他以為我在乎？」

「你不嗎？」

她很堅定的看了我好一會兒，我以為她不會回答這個問題，但是後來她卻回答了。「我當然在乎，」她說，「我當然在乎。」她低望著馬克杯裡的咖啡，似乎因為看見杯子空了而沮喪。「我要再去倒點咖啡。」她說。「你還要嗎？馬修？」

「謝謝。」

她拿著兩個杯子走進廚房，回來的時候，在酒櫃前停下，為兩杯咖啡添點威士忌。她倒「野火雞」的手很大方，這杯至少是我先前幫自己加的兩倍。

她再次坐在長沙發上，不過這一次她讓自己比較靠近我的單人沙發座。她啜了一口咖啡，眼光越過我的馬克杯看著我。「那女孩幾點被殺的？」

「根據我昨天晚上聽到的新聞，他們推測死亡時間是在午夜。」

「而他在兩點半左右被捕？」

「大概是那個時候，沒錯。」

「好，這使事情簡單多了，不是嗎？我就說，他在小孩睡了以後回到家，他回來看我還換了衣服。他跟我在一起，十一點鐘起我們就在看電視，直到卡森的節目演完，他回紐約，剛好就被捕了。怎麼樣？」

「這不會有什麼幫助的，黛安娜。」

「為什麼不？」

「沒人會相信，只有那種非常強有力的不在場證明才有用。妻子不確切的說詞——不，幫不了他。」

「我應該了解這一點。」

「的確。」

「他殺了她嗎？馬修？」

「他說他沒有。」

「你相信他？」

我點點頭。「我相信是其他人殺了她，然後故意嫁禍給他。」

「為什麼？」

「阻止他對警局做內部調查，或是為了私人因素。如果某人有理由要殺波提雅・卡爾，你丈夫肯定是最完美的『墊背』。」

「我不是這個意思。我問的是，你為什麼相信他是無辜的？」

我想了一想。我有些相當不錯的理由——其中一個理由是，以他的開朗和他那身愚蠢的打扮是不會進行這樣的謀殺。他也許會在自己的公寓裡殺死那個女人，但是他不會把她留在那裡，還花幾個小時在外面晃蕩，卻連不在場證明也沒想出來。但是我的理由裡面沒有一個真正重要的，所以也就不值得對她重複。

「我就是不相信他會殺她。我曾經做了很久的警察，這行業待久了，你會發展出一些本能和直覺，它們會對事情有所感應，如果你做得好，就知道該怎麼抓住它們。」

「我打賭你做得很好。」

「還不差。我有感覺，有本能。而且我對於我的工作非常投入，投入到難以自拔。這就是關鍵所在，一旦你熱中於某件事情，很快就會掌握到訣竅。」

「然後你就離開了警界？」

「對，幾年前。」

「自願的？」她臉紅了，同時把一隻手放到唇上。「我很抱歉，」她說，「這是個蠢問題，這不關我的事。」

「這並不蠢。對，我是自願離開的。」

「為什麼？其實這也不關我的事。」

「私人理由。」

「當然，我真的很抱歉，我想我是『感受』到這威士忌的後勁了。原諒我好嗎？」

「沒什麼需要原諒的。那些理由是私人的，如此而已，也許哪天我會告訴你。」

「也許你會，馬修。」

我們的目光又再度交集，而且一直持續到她突然吐了一口氣，喝完了她杯裡的飲料。她說：「你拿錢嗎？我是說，當你還是警察的時候。」

「拿一點。我沒有靠它發財，也不去外面找財源，但是到我面前的我就會拿。我們向來不靠薪水過活。」

「你結婚了？」

「哦，因為我說『我們』。我離婚了。」

「有時候我也想離婚，當然，我現在不能想這個。現在是丈夫最需要幫助的時刻，身為一個忠貞而飽受苦難的妻子，是該義不容辭陪在他身邊。你笑什麼？」

「我用三份厭惡感換你一份義不容辭。」

「成交。」她垂下眼瞼。「傑瑞拿很多錢。」她說。

「我猜也是。」

「我給你的錢，兩千五百美元，想像一下在家裡放這麼多錢。我做的只是，走上樓去數兩千五百美元，還有更大的一筆錢在保險櫃裡。我不知道他在裡面放了多少，我從來沒數過。」

我什麼也沒說。她雙腿交叉坐著，兩手整齊的疊放在膝上。她腿上是深綠色的長褲，亮綠色的毛衣，冷靜的薄荷綠眼睛。她雙手柔嫩，手指修長，指甲剪得短短的，沒有修過。

「我甚至不知道保險櫃的事，直到他開始諮詢那位特別檢察官。我永遠記不得他的名字。」

「艾柏納・普傑尼恩。」

「對。我當然知道傑瑞拿錢，他對這事從來不多說，但是事情太明顯了，而他的確也暗示過。感覺上是，他要我知道，但是他不直接告訴我。事情很明顯，靠他正當賺來的錢我們不會過這樣的日子，他花那麼多錢在他的衣服上，我猜他也花錢在其他女人身上。」她的聲音幾近嘶啞，但是她卻像沒事人似的繼續說話。「有一天他把我拉到一邊，給我看那個櫃子。櫃子上有一個密碼鎖，他把密碼告訴我，還說有需要的時候我隨時都可以自己拿，錢的來源很多。但是，我一直到剛剛才第一次打開這個櫃子，更別說數裡面的錢或什麼的。我不想看它，甚至不願意想到它，我不想知道裡面有多少錢。你想知道一件有趣的事嗎？上星期某個夜裡我曾考慮離開他，但是我無法想像我怎能承受得起，我是說，在金錢上。當時我連想都沒想過這個保險櫃裡的錢，它從來沒有出現在我腦子裡。我不知道我是不是個很有道德感的人，我不認為我是，真的。但是那裡面有太多錢了，你知道。我不願意去想什麼樣的人會為了這些錢做出哪些事。你能明白我在說什麼嗎？馬修？」

「沒錯。」

「也許他真的殺了那個女人。如果他決定他必須殺一個人，我不認為他會因為道德譴責而後悔殺人。」

「他曾經在值勤時殺過人嗎？」

「沒有，他對幾個罪犯開過槍，但是他們都沒死。」

「他服過役嗎？」

「他曾在德國派駐了幾年，但是從來沒有上過戰場。」

「他會不會很暴力？他打過你嗎？」

「不，從來沒有。有時候我很怕他，但我無法解釋為什麼，他從來沒有讓我害怕的理由。我會離開任何打我的男人。」她苦笑。「至少我想我會。我也曾經以為我會離開任何除了我還有其他女人的男人。為什麼我們總是不像我們以為的那樣了解自己，馬修？」

「這是個好問題。」

「我有很多好問題。我並不真正了解那個男人，你不覺得很了不起嗎？我跟他結婚這麼多年，我卻不了解他，我從來沒有了解過他。他告訴你他為什麼決定跟特別檢察官合作了嗎？」

「我還期望他可能告訴你。」

她搖搖頭。「我不知道究竟為什麼，我不知道他為什麼這麼做的事還有很多。為什麼他要娶我？現在這裡又有個好問題了。這就是我所謂的他媽的好問題，馬修。傑瑞．布羅菲爾看中了渺小的黛安娜．康明斯？」

「哦，別這樣，你一定知道你很有魅力。」

「我知道我不醜。」

「你遠超過不醜。」而且你的手就像一對白鴿棲息在大腿上，一個男人可能徹底迷失於你的雙眸。

「我不是很引人注目，馬修。」

「我不懂你的意思。」

「怎麼說？讓我想想。你知道某些演員怎樣走上舞台，並且讓每一隻眼睛都注意他們，就算當下有別人在說話也一樣？他們就是有那種引人注目的特質，讓你必須看著他們。我不像那種人，完全不是，而傑瑞就是。」

「他很醒目，當然。他的身高也許有關。」

「不只如此。他很高，長得也好看，但是還不只是如此。他有種特質，在街上，人們會看他，自我認識他開始就一直是這樣。不要以為他不是刻意的，有時我就看到他在下功夫，馬修。我會認出他曾經做過的、某些看似不經意的動作，然後我就會覺得，這個人未免也太工於心計了吧，這時候我就會打從心底瞧不起這個人。」

一部車通過門外。我們坐著，彼此目光並沒有真正交會，我們聽著遠處街上的聲音和自己心裡的想法。

「你說你離婚了。」

「是。」

「最近嗎？」

「幾年前。」

「小孩呢？」

「兩個兒子，我太太擁有監護權。」

「我有兩個女兒一個兒子，我一定告訴過你。」

「莎拉、珍妮佛和艾力克。」

「你的記憶力真好。」她看著她的手：「那樣比較好嗎？離了婚。」

「我不知道。有時候比較好，有時候比較不好。事實上我沒想好或不好，因為那時沒有選擇的餘地，只能那樣。」

「是你太太要離婚？」

「不，我才是那個要離婚的人，是那個必須一個人過日子的人，但是我的需要並不是選擇因素。也許你覺得沒道理，我必須獨居。」

「你現在還是一個人嗎？」

「對。」

「你喜歡這種生活嗎？」

「有人會喜歡嗎？」

很長的一段時間她一直沉默著，她雙手抓住膝蓋坐著，她的頭微傾，雙眼閉著，陷入她內心思維中。她沒有張開眼睛便說：「傑瑞會怎麼樣？」

「很難說。除非有什麼事情發生，不然他將會接受審判。他可能脫罪，也可能不會。一個有力的律師可以把審判拖得很長。」

「但是他也有可能會被判有罪。」

我猶豫了一下，然後點點頭。

「然後就要去坐牢？」

「可能。」

「老天。」

她拿起她的馬克杯，低頭看著杯子，然後抬起眼來看著我的眼睛。「我再去倒點咖啡，馬修？」

「我不要了。」

「我應該再來一點嗎？我應該再喝一杯嗎？」

「如果你需要的話。」

她想了想。「那不是我需要的，」她確定的說，「你知道我需要什麼嗎？」我沒說話。

「我需要你過來坐在我身邊，我需要被人擁抱。」

我坐到長沙發上，坐在她的身邊，她急切的坐進我的臂彎，彷彿一隻尋找溫暖的小動物。她的臉輕輕靠著我的，她的氣息溫暖而甜蜜，當我的唇碰到她的，她僵了一會兒。然後，她好像了解到自己早已做了決定，於是在我的臂彎裡放鬆，回應了那個吻。

在那個時候，她說：「讓我們把一切都拋開，一切。」之後她就什麼也不必再說，而我也是。

∞

稍後我們像之前那樣坐著，她坐在長沙發，我坐在單人沙發上。她啜飲著沒有酒的咖啡，我則喝著一杯已經飲去一半以上的波本。我們小聲的說話，但是在聽到樓梯上的腳步聲後，便停止了交談。一個大約十歲的小女孩進了客廳，她長得很像媽媽。

小女孩說：「媽咪，我和珍妮佛要——」

「珍妮佛和我。」

小女孩很誇張的嘆了口氣：「媽咪，珍妮佛和我要看《奇幻之旅》，但是艾力克那個小豬要看《摩登原始人》，可是我和珍妮佛，我是說珍妮佛和我討厭《摩登原始人》。」

「不可以叫艾力克小豬。」

「我沒有叫艾力克小豬，我只是說他像個小豬。」

「我想這裡頭是有點不同。你和珍妮佛可以在我房裡看你們的節目，這樣可以了嗎？」

「為什麼艾力克不到你房裡看？而且，媽咪，他是在『我們』的房裡看『我們』的電視。」

「我不要艾力克單獨在我房裡。」

「那我和珍妮佛也不要艾力克單獨在我們房裡。媽咪，而且——」

「莎拉——」

「好吧，我們在你房裡看就是了。」

「莎拉，這是史卡德先生。」

「嗨，史卡德先生。現在我可以離開了嗎？媽咪？」

「去吧。」

當小孩上樓消失之後，她媽媽噓了一個長而低的口哨聲。「我真不曉得我到底是怎麼回事！」她說：「我從沒有做過像那樣的事，我並不是說我是聖人，我……去年我曾經跟某人在一起，但是在我家裡？老天！而且我的小孩還在家。莎拉可能剛好在那時走進來，我可能沒聽到。」突然間，她微笑起來。「我可能連第三次世界大戰爆發都聽不到。你是個好人，馬修。我不知道這事為什麼會發生，但是我不想去找藉口，我很高興它發生了。」

「我也是。」

「你知道你還沒叫過我的名字嗎？你只叫過我布羅菲爾太太。」

我曾經大聲叫過她一次，無聲的叫過她很多次，但是我現在又叫了一次，「黛安娜。」

「這樣好多了。」

「黛安娜，月之女神。」

「也是狩獵的。」

「也是狩獵的嗎？我只知道是月亮的。」

「我懷疑今晚月亮會不會出現，天已經開始黑了，不是嗎？我真無法相信。夏天到哪裡去了？前幾天還是春天，現在卻都已經是十月了。再過幾個星期，我的三個小印第安人就要穿上應節的衣服去向鄰居們勒索糖果了。」她的臉上有了陰影。「原來，這是個家庭傳統，勒索。」

「黛安娜——」

「離感恩節還有一個月，你不覺得我們彷彿三個月，最多四個月前才剛過完感恩節嗎？」

「我懂你的意思。過日子很漫長，過年卻飛快。」

她點頭。「我以前總認為我祖母瘋了，她告訴我，當你長大了，時間就會過得很快。要不是她瘋了，就是她認為我是個好騙的小孩，因為時間怎麼可能根據人的年齡改變它的步調？但是時間真的是有差異的。一年只占我生命的百分之三，卻是莎拉的百分之十，所以我的時間當然飛快，她的自然緩如蝸行，而她卻催促時間快過，我則希望時間慢下來。馬修，人老了真不好玩。」

「真傻。」

「我？為什麼？」

「在你還是個孩子的時候談老。」

「當你為人母之後，就不能再是個孩子了。」

「的確不能。」

「那我便是逐漸老了，馬修。看看今天的我比昨天老了多少。」

「比昨天老？但是你不也比較年輕了嗎？在某一方面。」

「哦，沒錯。」她說，「是，你是對的，我甚至從來沒想過這點。」

當我的杯子空了的時候，我站起來告訴她我該走了。她說如果我能留下來就太好了，我說，也許我不能才是好事。她想想這句話，同意我說的也許是事實，但是她又說，也許兩種情況都一樣好。

「你會冷的。」她說，「一旦太陽下山了就涼得很快。我開車送你回曼哈頓，可以嗎？莎拉已經大得可以在這段時間裡照顧弟妹，我送你，這樣比坐地鐵快。」

「讓我搭地鐵吧，黛安娜。」

「那我送你到車站。」

「我走路可以快些醒酒。」

她仔細打量我，然後點頭。「好吧。」

「我一有任何消息就會打電話給你。」

「或者即使你沒有？」

「或者即使我沒有。」

我趨近她，但是她向後退開了。「我希望你知道我不打算糾纏你，馬修。」

「我知道。」

「你不必覺得欠我什麼。」

「過來。」

「哦，窩心的人。」

在門邊她說：「你還要繼續幫傑瑞。這會使情況變得複雜嗎？」

「通常任何事情都會使情況複雜。」我說。

∞

外面很冷。當我走到街角向北轉的時候，正好有一陣刺骨的風從我背後吹來。我穿著西裝，但並不夠暖。

走向地鐵站的半路上，我想到我其實可以借一件他的大衣。一個像傑瑞·布羅菲爾那樣熱中衣著的男人，肯定有三、四件大衣，而黛安娜可能會很高興的借我一件。我當時沒想到，她也沒主動提起，現在我覺得沒借也好。今天到目前為止，我已經坐了他的椅子，喝了他的威士忌，拿了他的錢，並且還上了他的老婆。我不必再穿著他的衣服在街上走。

這個地鐵站的月台像長島火車站一樣是高架的。顯然列車剛走，雖然我沒有聽見它的聲音。我本來是唯一在西行列車月台等候的人，漸漸的有其他人加入我的行列，站在附近抽菸。

理論上來說，在地鐵站抽菸是違法的，無論它是在地上或地下。幾乎所有的人在地底下都會遵守這個規則，而實際上，所有的吸菸者都覺得在高架月台上可以吸菸。我不知道為什麼這樣，地鐵站，不管在地上或地下，都同樣的防火，空氣也一樣的髒，抽菸並不會使空氣明顯的更糟，但是這條法律在其中一種形態的車站裡被遵循，在另一種形態的車站裡卻例行性的被違反（而且不被執行），而也從來沒有人解釋為什麼。

真令人好奇。

車終於來了，人們丟掉香菸上車。我搭的這列車布滿塗鴉，但是所寫的僅限於現今俗套的綽號或數字，沒有一個像「我們野是人」那麼有想像空間。

我並沒有打算要上他老婆的。

有一刻我連想都沒想到這件事，在另一刻我卻很確定它將會發生，而這兩個時刻是那麼及時的接近並且結合。

很難確切的說為什麼會發生。

我並不是經常碰到我想要的女人，而且碰到的次數是愈來愈少。也許是因為某些方面的老化，或者是我個人蛻變的結果。我前一天才碰到一個這樣的女人，而為了種種理由——有些已知，有些未知，我什麼也沒做。現在，這事再也沒有機會發生在她和我之間。

也許我大腦裡某些白癡細胞設法這樣說服它們自己：如果我不把黛安娜·布羅菲爾按倒在她家客廳的長沙發上，某個神經病可能進來殺害她。

車子裡很暖，我卻好像還站在高架月台上，暴露於尖刺的冷風中似的打顫。這是一年中最棒的季節，也是最悲傷的；因為冬天就要來了。

7

旅館裡有更多的留話等著我。安妮塔又打來，艾迪・柯勒也來電兩次。我走到電梯前，轉身用公共電話打給伊蓮。

「我說過不管我去或不去都會打電話的，」我告訴她。「我想我今晚不過去了，也許明天吧。」

「當然，馬修。那邊有什麼重要消息嗎？」

「你記得我們之前談的事？如果你能再找出一些跟那個主題有關的人，我不會讓你白花時間的。」

「我不知道，」她說，「我不想多管閒事，我希望保持他們所說的低調。我做我的事，存我的錢養老。」

「不動產，對吧？」

「嗯，位在皇后區的公寓房子。」

「很難想像你是房東。」

「房客們從來不管我是誰，管理公司會打理所有的事，那個幫我處理的人，我知道他很專業。」

「嗯，賺錢嗎？」

「還好。我不會成為那些每天只花一美元餵自己的百老匯老太婆，絕不。」

「那，你可以幫我問幾個問題賺點錢，如果你有興趣的話。」

「我想我會試試。你不會讓我的名字扯進去，對吧？你只是要我給點什麼，好讓你有個起頭。」

「沒錯。」

「好，我會看看有什麼事。」

「就這麼辦，伊蓮，我明天過去。」

「先打電話。」

∞

我上樓，踢掉我的鞋子，四肢伸展開來癱在床上。我將眼睛閉上一兩分鐘，就在我陷入睡夢邊緣的時候，我強迫自己坐起來。床頭櫃上的波本酒瓶是空的。我把它丟進垃圾桶，並查看櫃架，結果那裡還有一瓶一品脫裝沒開封的金賓牌波本在等著我。我把它打開，灌了一小口。它不是野火雞，但是發揮了相同的效果。

艾迪．柯勒要我打電話給他，但是我看不出有什麼理由不能等個一兩天再談。我可以猜到他要告訴我什麼，而那不是我要聽的。

當我拿起電話撥給安妮塔的時候，時間應該是在八點過一刻左右。

我們彼此沒有太多話要向對方說，她告訴我最近帳單支出很重，她曾經做了節流的工作，但是孩子們似乎一下子就大得什麼都不合用，如果我能省下一點錢，她會很樂意接受。我說我剛好接了些工作，隔天早上我會寄一張匯票給她。

「這幫了我們很大的忙，馬修。但是我一直留話給你的原因是，孩子們想跟你講話。」

「沒問題。」

我先和麥可說。他其實說得不多，學校生活很好，一切都還不錯——普通的對白，機械而無意識。然後他讓他哥哥聽電話。

「老爸？童軍團要去看籃網隊和紳士隊在籃網主場的開幕籃球賽，而且這是個父子聯誼活動，你知道嗎？他們要透過球隊拿票，所以大家會坐在一起。」

「你和麥可要去嗎？」

「嗯，我們可以嗎？我和麥可都是籃網隊的球迷，他們今年應該會很好。」

「珍妮佛和我。」

「什麼？」

「沒事。」

「唯一的問題是，票有點貴。」

「多少錢？」

「一個人十五美元，但是包括晚餐和去體育館的巴士。」

「如果不要晚餐要多付多少錢？」

「啥？我不——哦。」他開始咯咯笑。「嘿，這太妙了，」他說。「我去跟麥可說。爸要知道，如果不吃晚餐要另外付多少錢？你不懂嗎？笨蛋！爸？如果你不搭巴士可以再省多少？」

「就是這個意思。」

「我打賭晚餐一定很棒。」

「它總是很棒的。聽著，價錢不是問題，如果座位中上，聽起來就不會太糟。球賽是什麼時候？」

「從明天算起剛好是一個禮拜後，星期五晚上。」

「這可能有點問題，通知得太晚了。」

「上次集會他們告訴我們的。我們能去嗎？」

「我不知道，我現在有個案子，我不知道它會拖多久。或者我可以挪出個幾小時。」

「我想這是個頗重要的案子吧？」

「我正試著幫的這個男人被控謀殺。」

「是他幹的嗎？」

「我不認為是，但是這跟知道怎麼證明他沒幹是兩回事。」

「警察沒辦法調查、解決嗎？」

當他們不想的時候，他們不會，我心想。我說：「嗯，他們認為我的朋友有罪，他們懶得再進一步去查，所以他才找我幫他。」我摩擦我的太陽穴，因為它開始顫動。「聽著，我們就這麼辦。你先去安排，好嗎？我明天會寄錢給你媽，我會額外寄四十五美元的票錢，如果我不能去，我會讓你知道，你就可以把票給人，跟別人一起去。你說怎麼樣？」

電話那頭停頓了一會兒。「事實上，傑克說他願意帶我們去，如果你不能的話。」

「傑克？」

「他是媽媽的朋友。」

「嗯。」

「但是你知道，這應該是父子聯誼活動，他不是我們的父親。」

「是啊。你可以等一下嗎？」我並不是真的需要喝一口，但是我不認為這對我有什麼壞處。我蓋上瓶蓋，然後說：「你跟傑克處得怎麼樣？」

「哦，他不錯。」

「那很好。你看這樣如何：如果我可以，我就帶你們去，如果不行，你就用我的票帶傑克去，好嗎？」

我們就這樣決定了。

∞

在阿姆斯壯酒吧，我對著四、五個人點頭招呼，但是沒有發現我要找的那個人。我坐在我平常坐的位子，當崔娜過來的時候，我問她道格拉斯．佛爾曼是否來過。

「你晚了一個小時，」她說，「他進來，喝了一瓶啤酒，付了錢走了。」

「你知道他住在哪裡嗎？」

她搖頭。「在附近，但是我不知道在哪裡，幹嘛？」

「我要跟他聯絡。」

「我問問唐。」

但是唐也不知道。我喝了一碗青豆湯吃一個漢堡，當崔娜送咖啡給我的時候，她在我對面坐下來，將她小而尖的下巴放在手背上。

「你的態度很古怪。」她說。

「我一直都很古怪。」

「我是說，以你來說很古怪。你要不是在工作，就是在擔心某些事情。」

「也許都有。」

「你在工作嗎？」

「嗯。」

「所以你在找道格拉斯．佛爾曼？你為他工作嗎？」

「為他的一個朋友。」

「你試過電話簿了嗎？」

我用食指輕觸了她的小鼻子。「你應該去做偵探，」我說，「也許你比我做得更好。」

只是他的電話沒有登記。

在曼哈頓的地址名錄上有大約兩打叫佛爾曼的，叫福爾曼的有四打，還有一些叫佛曼和佛孟的。我在旅館房間裡將這些電話集中起來，然後從樓下的公共電話打出去，偶爾停下來去跟維尼多要幾個銅板。從房裡打出去的電話收費雙倍，沒有目標的浪費銅板已經夠惱人的了，更何況雙倍。我試了在阿姆斯壯酒吧兩哩半徑內所有的佛爾曼，不管怎麼拼的。我和許多與我的作家朋友同姓、甚至一些同名的人講話，但是沒有找到認識他的人。在我放棄之前，我已經花了很多一角錢。

∞

大約十一點，或是更晚，我又回到阿姆斯壯。幾個護士占了我常待的那張桌子，所以我就換到旁邊那一桌。我很快的看了擁擠的酒吧一眼，確定佛爾曼不在這裡，然後崔娜急步走來對我說：

「別看旁邊，或是做點別的事，酒吧裡有個人在打聽你。」

「我都不知道可以說話不動嘴唇。」

「從前面數過來第三張桌子，那個大個子，他剛剛戴了頂帽子，但是我不知道他是不是還戴著。」

「他還戴著。」

「你認識他嗎？」

「你可以隨時辭掉這份苦差事去做個腹語師，」我建議她，「或者你可以在那些老監獄電影裡演戲，如果他們還拍的話。他讀不到你的唇語，孩子，你是背對著他的。」

「你知道他是誰嗎？」

「嗯，沒事。」

「我要告訴他你在這兒嗎？」

「你不必告訴他，他正向這裡走來。去問唐他喝的是什麼，再給他倒一杯來，我的話就老樣子。」

我看著艾迪．柯勒走過來，拉開一張椅子，坐下。我們盯著對方看，很小心的打量著。他從外套口袋掏出一支雪茄，將它拆封，然後輕拍他的口袋直到他找到一枝牙籤戳穿雪茄的尾端。他花了很多時間點雪茄，將雪茄置於火焰中，最後終於點燃。

崔娜送酒回來的時候，我們依然沒有開口。給他的飲料看起來是蘇格蘭威士忌和一杯水，她問他是不是要混在一起，他點點頭。她為他將兩者加在一起，然後把飲料放在他面前的桌上，接著她給我一杯咖啡和雙份波本。我啜了一口純波本，其餘的倒咖啡裡。

艾迪說：「你很難找，我留言了好幾次。我猜你從來不回旅館看留言。」

「我看了。」

「是啊，之前我去查的時候那個櫃檯人員也是這麼跟我說，所以我猜你試著打給我的時候，我都在忙線中。」

「我沒打。」

「這樣啊？」

「我有事要做，艾迪。」

「沒時間打個電話給老朋友，嗯？」

「我打算明天早上打給你。」

「嗯。」

「反正是明天的某個時候。」

「嗯，今晚你很忙。」

「沒錯。」

他似乎第一次注意到他的酒。他看著酒，就像他頭一次看見這種東西似的。他把雪茄換到左手，用右手舉起杯子。他嗅了嗅然後看著我，「聞起來像是我剛才在喝的。」他說。

「我告訴她再給你一杯一樣的。」

「沒什麼新奇，西格牌的，跟我幾年來喝的一樣。」

「沒錯，你總是喝那個。」

他點頭。「當然，我一天很少超過兩三杯。兩三杯酒——我猜那大概是你早餐喝的量吧，馬修？」

「哦，沒那麼糟，艾迪。」

「沒有？真高興聽你這樣說。你知道，一個人總會聽到一些流言蜚語；都是些光怪陸離的事情。」

「我可以想像。」

「你當然可以。呃，你到底為什麼而喝？有任何特別要舉杯慶祝的事嗎？」

「沒什麼特別的。」

「說到特別，特別檢察官怎麼樣？你反對為艾柏納．普傑尼恩喝一杯嗎？」

「隨你怎麼說。」

「好極了。」他舉起杯子：「為普傑尼恩，祝他去死，然後從頭到腳爛光光。」

我用我的杯子碰了他的，然後我們便喝了。

「你不反對為此乾杯？」

我聳聳肩。「只要你高興。我不認識我們為他舉杯的這個人。」

「你從沒見過那狗娘養的？」

「沒有。」

「我見過，是個狡猾的混蛋。」他又喝了一口酒，然後氣惱的搖搖頭，將杯子放回桌上。「操他媽的，馬修，我們認識多久了？」

「好幾年了，艾迪。」

「我想也是。你他媽的在幫布羅菲爾那屎頭做什麼？你會告訴我嗎？你他媽的幹嘛跟他扯上了？」

「他僱了我。」

「做什麼？」

「找出能夠還他清白的證據。」

「幫他找一個能擺平謀殺罪的方法，那就是他要你做的。你知道他是個什麼樣的雜種嗎？你操他媽的知道嗎？」

「我很清楚。」

「他想要狠狠搞整個警局一記，那就是他想做的。要幫那個土貨揭露高層的腐敗。老天，我討厭這個膽小的雜種，他就像你看到的警察一樣腐敗。我是說，他去外面獵錢，不只是別人把錢送到他手上，他還要去找呢。他去外面像瘋子似偵查，找那些下三濫的勾當和皮條客，或其他任何事情，但不是逮捕他們；除非他們沒錢，他們才會到警局去。他在做他自己的生意，他的警徽是一張『搶錢許可證』。」

「這些我都知道。」

「你都知道你還幫他做事。」

「如果他沒殺那個女孩呢？艾迪？」

「她像石頭一樣死在他的公寓裡。」

「你想他會笨到殺掉她還把她留在那裡？」

「哦，他媽的。」他吸了一口雪茄，雪茄的末端發出紅光。「他出去丟掉殺人的凶器，不管他用什麼打她或刺她。然後他在某處停留，喝了點啤酒，因為他是個自大的龜孫子，也有點神經病。然後他回去處理屍體，他想要把她丟在某處，但是那時我們已經有人在現場等著逮他了。」

「所以他就自投羅網。」

「不然能怎樣？」

我搖搖頭。「這不合理。他也許有一點瘋狂，但是他絕對不笨，而你卻把他的行動說得像個白癡。你的手下怎麼知道那個公寓是第一現場？報上說你們接獲電話通報，對嗎？」

「沒錯。」

「匿名的？」

「對，所以呢？」

「這太順了。有誰會知道而通報給你們？她有尖叫嗎？有其他人聽到嗎？密報是從哪裡來的？」

「有什麼差別？也許某人透過窗戶看到。不管是誰，總之有人打電話來說一個女人在什麼什麼樣的公寓裡被謀殺了，警察們去到那裡，發現一個女人頭上被打腫了一塊，一把刀刺在她背上，而她已經死了。誰在乎通報者為什麼知道她在那兒？」

「這裡頭可有很大的差別。例如，是通報者把她放在那兒。」

「哦，拜託，馬修。」

「你沒有任何事實證據，所有的證明都是間接的。」

「這樣已經足以逮他了。我們有他的動機、下手的機會，我們還有個女人死在他的鬼公寓裡。看在老天的份上，你還要什麼？他有太多的理由要殺她。她抓住他的致命傷並公諸於世，他當然要她死。」他再吞了一些酒，接著說：「你知道嗎？你一直都是個他媽的好警察，也許這些日子酒讓你昏頭了，也許這遠超出你所能掌握的。」

「可能。」

「哦，去你的。」他重重的嘆了口氣。「你可以拿他的錢，馬修。一個男人得賺錢，我知道那是怎麼回事；只是別礙事，吭？拿他的錢，把他搾乾，他媽的，這種事他過去也做多了，該換他被人耍耍了。」

「我不認為他殺了她。」

「狗屎。」他將雪茄拿離嘴邊，盯著它看，然後用牙齒咬住，大吸了一口。之後，他的語氣便較軟化，他說：「你知道，馬修，最近警局相當乾淨，比過去幾年都乾淨，幾乎所有的舊包袱都清除了。不用說，裡面還是有人拿很多錢，但是一個搞生意的送錢進來並分發給整個分局的舊體系已不復見。」

「即使在上城？」

「嗯，上城的一個分局也許還是有點骯髒，很難讓那裡保持乾淨，你知道那是怎麼回事。除此之外，警局整頓得還不錯。」

「所以？」

「所以我們自律得不錯，這個狗娘養的卻讓我們看起來又像是到處都有的屎糞。許多好人正準備起來反抗，因為有個狗娘養的想做天使，而其他狗娘養的土貨則想要當統治者。」

「所以你恨布羅菲爾，但是——」

「你他媽說對了，我是恨他。」

「——但是你為什麼要他去坐牢？」我傾身向前。「他已經完蛋了，艾迪，他已經玩完了。我和一個普傑尼恩的人談過，他對他們已經沒有用，他可能明天就擺脫陷阱，但是普傑尼恩不敢再跟他合作了。在你們的立場，不管是誰設計他都已經讓他受夠了，那我去追凶手又有什麼不對？」

「我們已經抓到凶手了，他被關在『墓穴』的牢房裡。」

「讓我們假設你是錯的，艾迪。事情會怎樣？」

他堅定的注視著我。「好，」他說，「讓我們假設我是錯的，讓我們假設你的委託人乾淨純潔一如白雪，讓我們說他這輩子從來沒做過一件壞事，讓我們說另外有人殺了——她叫什麼名字？」

「波提雅．卡爾。」

「對。然後有人故意設計布羅菲爾，讓他掉入陷阱。」

「然後？」

「你追逐這個人，你逮到他。」

「然後？」

「他是個警察，因為誰會有這麼他媽的好理由要送他進監獄？」

「哦。」

「沒錯，哦。這看起來很棒，不是嗎？」他的下巴伸向我，頸部的青筋緊繃，眼睛非常憤怒。

「我不認為事情是這樣，」他說，「因為我打賭布羅菲爾就像猶大一樣有罪，如果他沒有，就是有人要搞他，除了幾個想要讓這狗娘養的得到報應的警察，還有誰要搞他？這看起來真棒，不是嗎？一個警察殺了一個女人，然後嫁禍給另一個警察，好阻止一件針對警察貪污的調查，這真是太好了。」

我想了想。「如果事情真是這樣，你寧願讓布羅菲爾為了他沒做過的事去坐牢，以免腐敗的內幕曝光。這就是你剛才要說的嗎？」

「狗屎。」

「這是你要說的嗎？艾迪？」

「哦，看在老天的份上，我寧願他死掉，馬修，即使我必須自己動手轟掉他的臭腦袋。」

「馬修，你還好吧？」

我抬頭看崔娜，她已經脫掉圍裙，大衣則掛在手臂上。「你要走了嗎？」

「我剛下班，你喝了很多波本，我只是想知道你還好嗎？」

我點頭。

「跟你講話的那個男的是誰？」

「一個老朋友，他是個警察，第六分局的副隊長，在格林威治村那邊的。」我拿起我的杯子，沒喝又放下。「他大概是我在警隊最好的朋友，不是很親密，但是我們處得不錯。當然，幾年下來也沖淡了。」

「他要幹嘛？」

「他只是想談談。」

「他離開後，你似乎很難過。」

我仰頭看她，我說：「問題是，謀殺是不同的。取走人的性命，這是完全不同的事。沒有人被獲准取走生命，沒有人被允許取人的性命。」

「我不懂你在說什麼。」

「不是他幹的，他媽的，他沒有做，他是無辜的，但是沒有人在乎。艾迪·柯勒不在乎，我知道艾迪·柯勒，他是個好警察。」

「馬修——」

「但是他不在乎。他要我走開，別再費力，因為他要那個可憐的雜種為一樁他沒犯的謀殺案坐牢，他要真正殺人的那個人脫身。」

「我不明白你在說什麼，馬修。聽著，這杯別喝完，你並不是真的需要它，對嗎？」

對我而言一切似乎非常清楚。我無法了解為什麼崔娜好像很難理解我所說的，我講得夠清楚了，而我的思維，起碼對我來說，像水晶一樣清澈而且流暢。

「清楚得不得了。」我說。

「什麼？」

「我知道他要什麼，沒有別人會了解，但是這很明顯。你知道他要什麼嗎？黛安娜？」

「我是崔娜，馬修。親愛的，你不知道我是誰嗎？」

「我當然知道。別用這種口氣說話。你不知道他要什麼嗎？寶貝？他要榮耀。」

「誰？馬修？那個跟你講話的男人嗎？」

「艾迪？」我因為這個想法大笑。「艾迪．柯勒才不理什麼榮不榮耀，我在說傑瑞，以前的好傑瑞。」

「嗯哼。」她把我握玻璃杯的手指頭扳開，拿走杯子。「我馬上回來。」她說，「不要一分鐘，馬修。」然後她就走開，不一會兒又再回來。在她離開桌子的這段時間，我可能還繼續在講話，我不太確定到底有講或沒講。

「我們回家吧，馬修。我送你回去，好嗎？或者今晚你想留在我那裡。」

我搖頭，「不可以。」

「你當然可以。」

「不，我得去見道格拉斯．佛爾曼，有很重要的事要去見老道格，寶貝。」

「你在電話簿上找到他了嗎？」

「這就是了，簿子。他可以把我們都寫進一本簿子裡，寶貝，他就是這麼打算的。」

「我不懂。」

我蹙眉有點惱怒。我說得很有道理，我不能了解為什麼我的話會使她困惑。她是個聰明的女孩，崔娜，她應該可以了解。

「帳單。」我說。

「你已經買了，馬修，你還給了我小費，你給我太多了。來吧，拜託，站起來，這才是好天使。哦，寶貝，這世界搞慘你了，對嗎？沒關係，你總是幫我，偶爾我也可以幫你一次，不是嗎？」

「買單，崔娜。」

「你付過帳了，我才跟你說過，而——」

「佛爾曼的帳單。」我現在比較能說得清楚一點，想得清楚一點，而且靠我的雙腳站起來。「他今晚稍早付過帳，你說的。」

「所以？」

「他的支票應該有登記，不是嗎？」

「當然。那又怎樣？聽著，馬修，讓我們到外面去呼吸新鮮空氣，你就會覺得好一點。」

我舉起一隻手，「我很好，」我堅持著。「佛爾曼的支票在收銀機裡，去問唐你是否可以看看。」她還是不懂我在說什麼。「他的地址，」我解釋，「大部分的人會把他們的地址印在支票上，我早該想到這點。去看，好嗎？拜託。」

他的支票的確在收銀機裡，而他的地址就在上面。她回來，把地址唸給我聽，我把我的筆記本和筆交給她，請她幫我寫下。

「但是你現在不能去，馬修。時間已經太晚了，而且你這樣也沒法兒去。」

「時間太晚了，我又太醉了。」

「明天早上——」

「我通常不會喝得這麼醉，崔娜，但是我還好。」

「當然你還好，寶貝。我們出去透透氣。看，已經好多了，這才乖。」

8

這是個難過的早上。我吞了幾顆阿斯匹靈，下樓去火焰餐廳喝了很多咖啡，情況便稍微好了一點。我的手輕微顫抖，我的胃一直有翻過去的危險。

我想要的是一杯酒，但是我渴望的程度足以讓我知道我不該喝。我有事要辦，有地方要去，有人要見，所以我堅持喝咖啡。

在十六街的郵局我買了一張一千美元和一張四十五美元的匯票。我寫好一個信封，把兩張匯票一起寄給安妮塔。然後我走到第九大道的聖保羅教堂，我一定在那裡坐了有十五到二十分鐘，沒特別想什麼事情。出去的時候，我在聖安東尼的雕像前停下來，為一些不在的朋友點亮幾枝蠟燭。一支給波提雅．卡爾，一支給艾提塔．里維拉，其餘的給其他的朋友。我往濟貧箱的投錢口丟進五張五十元紙鈔，然後走進早晨寒冷的空氣中。

我和教堂有種很奇怪的關係，就這一點，我完全不了解自己。是在我搬到五十七街的旅館不久後開始的。我開始在教堂裡花時間，開始點蠟燭，最後，我開始奉獻。最後一點是最讓人好奇的部分。在我收到錢之後，不管我收到多少，總是在我經過的第一個教堂停下來，捐出十分之一所得。我不知道他們會把錢拿去做什麼，他們可能將一半的錢用於改變那些異教徒的信仰，另一半則拿去幫牧師們買大房車。不過我還是繼續捐錢給他們，繼續在想為什麼會捐錢。

基於開放的時數，天主教堂得到我大部分的捐款。他們的教堂比較常開，若非如此，我也可以算得上是個基督徒。布羅菲爾第一次付款的十分之一已經給了聖巴多羅謬教堂，那是在波提雅·卡爾家附近的英國國教教堂，現在，他第二次付款的十分之一則給了聖保羅教堂。

天曉得為什麼。

8

道格拉斯·佛爾曼住在五十三街和五十四街之間的第九大道上。一樓五金店的左邊有個門，上面寫著有帶家具的房間可供週租或月租。前廊內沒有信箱，也沒有人聲。我按了內門邊的電鈴後便等著，直到一個淺褐色頭髮的女人慢吞吞的走到門邊把門打開。她穿著一件格子睡袍，腳上的室內拖鞋已經十分破舊。

「客滿了，再過去三間試試，那裡通常都有得租，」她說。我告訴她我在找道格拉斯·佛爾曼。

「四樓面馬路那間，」她說，「他知道你要來嗎？」

「對。」雖然他不知道。

「因為他通常很晚睡，你直接上去吧。」

我爬了三層樓，一路上是大樓和裡面的住戶們都已束手的酸味。我很驚訝佛爾曼住在這種地方。

住在破爛的地獄廚房出租房間裡的人，通常不會把地址印在支票上，他們通常沒有支票帳戶。

我站在他的房門前。裡面的收音機正開著，然後我聽到一陣很快的打字聲，接著又只剩下收音機的聲音。我敲敲門，聽到椅子往後推的聲音，佛爾曼的聲音在問是哪位。

「史卡德。」

「馬修？等一下。」我等著門打開，佛爾曼給了我一個大大的微笑。「快進來，」他說，「天啊，你看起來糟透了，你感冒了還是怎麼了？」

「我過了一個難過的晚上。」

「要來點咖啡嗎？我可以給你一杯即溶的。你怎麼找到我的？或者這是職業機密？我猜偵探一定很會找人。」

他在屋裡跑來跑去，把電壺的插頭插上，量好即溶咖啡的分量放進兩個白瓷杯裡，同時持續、穩定的談話，但是我沒聽他在說什麼，我正忙著環顧他住的地方。

我從沒想過他住的地方是這樣。那是一間套房，不過是很大的一間，也許有十八乘二十呎，有兩扇窗可以俯瞰第九大道。最讓這間屋子引人注目的是他和這棟大樓之間的戲劇性對比；所有的骯髒和破舊都停在佛爾曼的門檻之外。

他的地板上鋪了一塊地毯，可能是波斯地毯或幾可亂真的仿製品，牆上則嵌著從地板到天花板的落地書架，窗前有一張長十二呎的書桌，也是嵌在牆上的；就是牆上的油漆也很特別。沒有被書架覆蓋的牆，以帶光澤的白漆起頭，逐漸轉為深象牙色。

他見我盯著室內的一切，眼睛便在厚厚的鏡片後面舞蹈起來。「每個人看了都是這樣的反應。」他說。「你上來時爬的那些樓梯，很讓人沮喪對吧？然後你走進我的小避風港，就幾乎是一種震撼。」水壺響了，他去泡咖啡。「但是我並不是有意這樣做的。十幾年前我租下這個地方，因為除了這裡，我負擔得起的地方少之又少。當時，我每週付十四美元，但是我好幾次得費盡力氣才拿得出這十四塊錢。」

他將咖啡攪拌了一下，將杯子遞給我。「後來我得以靠寫作過日子，但是我對於搬家卻很猶豫。我喜歡這個地點、區內的感覺，我甚至喜歡這個區的名字——地獄廚房。如果你要成為一個作家，還有哪裡比一個叫做地獄廚房的地方更好的？另外，我也不希望我自己付大筆的租金。我開始有人指名代筆，知道我作品的雜誌編輯也愈來愈多，即使如此，這還是一個很不穩定的行業，我不希望房租成為每個月的大難題等待解決。所以我就開始整理這個地方，讓它成為可以忍受的地方。我每次弄一點，第一件事就是裝上全套防盜警報系統，因為我真的很擔心某個毒蟲闖進來偷走我的打字機。然後是書架；因為我實在厭倦了把我所有的書都堆在紙箱子裡。接下來是桌子。最後，我丟掉原來那張我想喬治・華盛頓可能都睡過的床，買了一張必要時可以擠八個人的大床，這個地方就一點一點的整合了起來。我還滿喜歡的，我想我是不會搬家了。」

「這兒很適合你。」

他很快的點點頭。「是啊，我也覺得。大概兩年前開始，我一想到他們可能把我攆走，就緊張得揪心。我大半心血都投資在這地方了。又或是他們要調漲我的租金怎麼辦？我是說，我還是按週繳房租的咧，老天，那時房租已經上漲，大概一週二十塊，但是萬一他們要提高到一週一百塊呢？你曉得，誰知道他們會怎麼做？所以我呢，我告訴他們我願意每個月付一百二十五塊，另外，我願意私下付五百塊現金，換一張三十年的租約。」

「他們給你了嗎？」

「你聽過有人在第九大道為一間套房簽三十年租約嗎？他們以為逮到了一個白癡。」他低聲笑著。「此外，他們套房的租金每週從沒超過二十元，而我給了三十塊，另加一些檯面下的現金。他們馬上擬了一張合約，我簽了字。你知道他們在這個地點租這樣大的小公寓要付多少？」

「現在？兩百五、三百吧。」

「少說三百，而我還是付一百二十五。再過兩三年，這個地方會值五百塊一個月，如果通貨繼續膨脹，也許會漲到一千，而我還是付一百二十五。有個人正在買整條第九大道的房地產，有一天他們會像推保齡球瓶一樣把這些大樓都推倒，但是他們要不就得花錢買我的租約，要不就得等到一九九八年再來拆房子，因為我的租約給我這麼久的時間。漂亮吧？」

「你做了一筆好交易，道格。」

「我這輩子唯一做的聰明事，馬修。我並不是故意要耍小聰明，我這麼做只因為在這裡很舒服，而我討厭搬家。」

我啜飲一口咖啡，它並不比我早餐喝的差太多。我說：「你和布羅菲爾怎麼會那麼熟？」

「我也想到你是為了這件事來的。他瘋了還是怎麼著？幹嘛跑去殺她？這一點道理都沒有。」

「我知道。」

「我一直認為他是個脾氣溫和的人。一個體型像他那麼大的人得要穩定一點才行，否則破壞力會很驚人。像我這樣的人抓狂了也沒什麼大礙，因為我需要一座大砲才有殺傷力，但是布羅菲爾——我猜他受不了了，然後出手就殺了她，對吧？」

我搖搖頭。「有人重擊她的頭，然後用刀刺了她，你不會因為衝動而這樣做。」

「聽你話裡的意思，好像你不認為是他幹的。」

「我確定不是他做的。」

「老天，我希望你是對的。」

我看著他，寬大的前額和厚厚的鏡片，讓他看起來像隻極其聰明的昆蟲。我說：「道格，你怎麼認識他的？」

「因為我曾經寫過的一篇文章。為了研究，我必須和一些警察談話，他是其中一個和我談過的人，我們聊得相當愉快。」

「那是什麼時候的事了？」

「四、五年前吧。幹嘛？」

「你們只是朋友嗎？因此他掉進這蹚渾水的時候就來找你？」

「嗯，我不認為他有太多朋友，馬修，而且他不能找任何一個警察朋友幫他的忙。他曾經告訴我，警察通常不會有很多非警界的朋友。」

這倒是真的。不過布羅菲爾在警界似乎也沒有太多朋友。

「道格，他一開始為什麼要去找普傑尼恩？」

「誰曉得，別問我，去問布羅菲爾。」

「但是你知道答案，對吧？」

「馬修——」

「他要寫一本書，這就是答案，對吧？他希望事情搞得夠大，讓他成為名人，然後他要你幫他寫書，然後他可以上所有的脫口秀展露他那迷人的招牌笑容，跟許多重要人物稱兄道弟。這就是你會介入的理由，這是你唯一介入這件事的理由，這也是他會去普傑尼恩辦公室的唯一理由。」

他沒有看我。「他想保密，馬修。」

「當然。等事情過後，他為了回應大眾的需求，就會好巧不巧寫出一本書。」

「這非常具爆炸性，不僅他在調查中所扮演的角色，他這一生都是。他曾經告訴過我一些我所聽過最吸引人的事，我真希望他能讓我錄下一部分，但是所有的事情都不能留下記錄。當我聽說他殺了她的時候，我馬上想到的是這個千載難逢的機會就這麼溜走了，但如果他真的是無辜的——」

「他怎麼會想到要出書呢？」

他猶豫了一下，然後聳聳肩。「算了，乾脆全都告訴你好了。這是一個很自然的想法，最近警察出的書很暢銷，但是他可能不是自己想到的。」

「波提雅・卡爾。」

「沒錯，馬修。」

「她提議的？不，這說不通。」

「她說的是出一本她自己的書。」

我放下杯子，走到窗邊。「什麼樣的書？」

「我不知道，我猜大概像『快樂的妓女』之類的吧。這有什麼關係嗎？」

「哈德斯提。」

「哦？」

「我打賭這是他去找哈德斯提的原因。」

他望著我。

「納克斯．哈德斯提，」我說，「美國地區檢察官。布羅菲爾去找普傑尼恩之前曾經找他，當我問他為什麼的時候，他的說法並不合理。因為在邏輯上，普傑尼恩是他該找的人，警察貪污是他特別有興趣的領域，而對於一個聯邦檢察官來說，這不是個很有分量的案子。」

「所以？」

「所以布羅菲爾應該知道這一點。除非他覺得其中有什麼好處，他才會找上哈德斯提。他也許是從波提雅．卡爾那裡得到出書的點子，也許去找哈德斯提的想法也是從她那兒來的。」

「波提雅．卡爾和納克斯．哈德斯提有什麼關係？」

我告訴他這是個好問題。

9

哈德斯提的辦公室在聯邦廣場大樓的二十六樓，其他樓層都是司法部紐約分處的單位。他的辦公室距離艾柏納・普傑尼恩的辦公室只有幾個街口，不曉得布羅菲爾是不是在同一天內拜訪了這兩個人。

我先打了電話，確認哈德斯提沒有出庭或出城。雖然如此，我還是不用到市區跑一趟，因為他的祕書告訴我，他沒進辦公室，他得了腸胃炎留在家裡。我詢問他家裡的地址和電話號碼，但是她不能告訴我。

電話公司便沒有這麼嚴格了。他有登記。納克斯・哈德斯提，東緣大道一一四號，還是個有四級轉接服務的電話號碼。我打了那個號碼，找到了哈德斯提，他的聲音聽起來讓人覺得，所謂的腸胃炎只是宿醉的另一種含蓄說法。我告訴他我的名字，說我想去見他。他說他不舒服，於是開始推託，我唯一一張有用的牌是波提雅・卡爾的名字，所以我打了這張牌。

我不確定我期待的是什麼樣的反應，但肯定不是我得到的那一個。「可憐的波提雅。這真是件悲慘的事，不是嗎？史卡德，你是她的朋友嗎？我很期望和你一聚，我想你現在沒空吧？你可以嗎？好，太好了，你知道這裡的地址嗎？」

我在坐計程車的途中才弄懂，我一直想當然耳的以為哈德斯提是波提雅的客戶之一。我想像當她用皮鞭抽打他時，他四處跳的模樣。在公家機構服務而有政治野心的人通常不喜歡陌生人打聽他們非比尋常的性癖好，我以為他會否認波提雅．卡爾的存在，或起碼會閃爍其辭，結果我卻得到熱切的歡迎。

所以我顯然有些事情猜錯了。波提雅的重要客戶名單裡，並不包括納克斯．哈德斯提，他們之間只有業務關係，毫無疑問的是有關他的業務，而不是她的。

這樣事情就很合理了。這與波提雅寫書的念頭吻合，同時也與布羅菲爾的野心漂亮的連結在一起。

哈德斯提住的是一棟建於大戰之前的石磚面十四層大樓，樓下有個裝飾藝術風格的挑高大廳，而且用了很多黑色大理石，門房則有著紅褐色的頭髮和警衛常留的那種小鬍子。他知道我要來，並且把我帶給電梯員。電梯員是個黑人，個子小得剛好可以搆到最上面的電梯鈕。他必須要搆那個鈕，因為哈得斯提住在頂樓。

這個頂樓令人印象深刻。挑高的天花板、豪華而昂貴的地毯、壁爐和東方古物。一個牙買加女傭領我到書房，哈德斯提正在那兒等我。他起身從書桌後面走出來，並且伸出手。我們握了手，然後他請我坐下。

「喝點什麼？咖啡？因為這個鬼潰瘍，我喝牛奶。我得了腸胃炎，它總是轉成潰瘍。你要喝什麼？史卡德？」

「咖啡，如果不麻煩的話。黑咖啡。」

哈德斯提對女傭重複了一次，彷彿他毫不期待她能聽懂我們的對話。她幾乎立刻就端著一個明鏡似的托盤，上面放了一個裝著咖啡的銀壺，一隻骨瓷杯子和茶盤，一組裝奶精和糖的銀製器皿，以及一支湯匙。我倒了一杯咖啡，啜一口。

「所以你認識波提雅，」哈德斯提說。他喝了點牛奶，放下玻璃杯。他個子高而瘦，太陽穴旁的頭髮灰得非常明顯，夏天時曬黑的皮膚還沒完全白回來。我曾經想像布羅菲爾和波提雅會是多麼出色的一對，而她在納克斯．哈德斯提的臂彎裡也會很好看。

「我對她不是很了解，」我說，「但是，是的，我認識她。」

「這樣，嗯。恕我問你的職業，史卡德。」

「我是私家偵探。」

「哦，很有意思，非常有意思。對了，咖啡還好嗎？」

「是我喝過最好的。」

他露出一個微笑。「我太太是咖啡迷，我向來就不熱中，再加上潰瘍，我通常只喝牛奶。如果你有興趣的話，我可以幫你查是哪個牌子的。」

「我住在旅館裡，哈德斯提先生。我要喝咖啡的時候，我就走到街角去喝。不過，還是謝謝你。」

「那，你隨時可以來這裡喝一杯像樣的咖啡，沒問題吧？」他給我一個非常親切的微笑。納克斯．哈德斯提不只靠他擔任紐約南區檢察官的薪水過日子，他的薪水還不夠付他的租金，但是這並不意味著他到處搞錢。哈德斯提家族在美國鋼鐵公司併購之前，曾經擁有哈德斯提鋼鐵公司，而他一個叫納克斯的祖字輩人物則曾長期經營新英格蘭納克斯船運，納克斯．哈德斯提可以雙手揮霍而永遠不必擔心他下一杯牛奶在哪裡。

他說：「你是私家偵探，而你認識波提雅，我或許能用得上你，史卡德先生。」

「我才希望用得上你呢。」

「你說什麼？」他的臉色大變，背脊也僵硬起來，就像聞到了什麼非常難受的氣味。我猜我的話聽起來像勒索的開場白。

「我有個委託人，」我說，「我來找你是要弄清楚某些事情，不是對你提供，或者出售資訊，同時我也不是來勒索的，先生，我不希望給你這樣的印象。」

「你有個委託人？」

我點點頭。其實我很慶幸給了他這樣的印象，雖然我是無心的。他的反應非常明顯，如果我是來勒索的，他跟我就沒什麼好談的，而這通常意味著這個人沒有理由害怕被人勒索。無論他和波提雅是什麼關係，他們的關係都不會給他帶來麻煩。

「我代表傑瑞．布羅菲爾。」

「那個殺了她的男人。」

「警方這樣認為，哈德斯提先生。不過，他們會這樣想也不意外，不是嗎？」

「說得好。據我所了解，事實上，他是在行動中被捕的，不是嗎？」我搖搖頭。「很有意思，你想知道——」

「我想知道誰殺了卡爾小姐，並且設計我的委託人。」

他點點頭。「但是我不知道我怎麼幫你達到目的，史卡德先生。」

我的地位提升了——從史卡德變成史卡德先生。我說：「你怎麼認識波提雅．卡爾的？」

「做我這個工作的人必須認識各式各樣的人，而我們接觸最多的人未必是我們喜歡交往的人。我相信這也是你的經驗，不是嗎？我猜，調查性的工作都差不多吧。」他很優雅的微笑；他將他的工作與我的類比，我應該感覺受到恭維。

「在我見到卡爾小姐之前便已聞其名，」他接著說，「比較好的妓女對我們辦公室非常有幫助。我聽說卡爾小姐的價碼相當高，而且她的客戶主要是——哦，是對非傳統的性行為感興趣的人。」

「我知道她專接想要被虐待的客人。」

「絕大多數。」他做了個鬼臉，他可能希望我不要說得那麼明確。「英國人。你知道，這就是所謂的英國怪癖。一位英國籍的女主人對一個美國籍的被虐狂來說，特別具有吸引力，起碼卡爾小姐是這樣告訴我的。你知道本地的妓女為了賺被虐狂客戶的錢，經常假裝英國或德國口音嗎？卡爾小姐向我保證這很普遍；而且神奇的是，德國口音對於猶太裔客戶來說，特別有吸引力。」

我又倒了一杯咖啡。

「事實上，卡爾小姐相當純正的口音增加了我對她的興趣，她很『脆弱』，你知道。」

「因為她可能會被驅逐出境。」

他點頭。「我們和移民局的人在工作上有不錯的關係，我們並不經常藉著恐嚇某人來辦事，但是妓女們對客戶忠誠而閉緊雙唇的傳統，只是一種浪漫的幻想，而非她們的本性。小如驅逐出境的威脅，便足以讓她們馬上提供百分之百的合作。」

「波提雅．卡爾就是其中一例？」

「一點沒錯。事實上，她變得相當熱心。我想她喜歡扮演瑪塔．哈莉的角色（譯註：Mata Hari，荷蘭女間諜澤勒的藝名。第一次世界大戰期間，為德軍從事間諜活動，後被捕判罪，在巴黎被槍決）——在床邊蒐集情報，然後交給我。她並沒有供應我那麼多消息，但是她逐漸成為我在調查上的重要消息來源。」

「主要是針對哪方面的調查呢？」

他有一點猶豫。「沒有特定，」他說，「我只是認為她可能很有用。」

我又喝了一點咖啡，別的不說，哈德斯提讓我明白我的客戶到底了解多少。因為布羅菲爾對我有所隱瞞，所以我得用間接的方法得到這個資訊。但是哈德斯提並不知道布羅菲爾沒有對我完全坦白，所以他無法向我否認任何可能是從布羅菲爾那裡得知的訊息。

「所以她很熱心的合作。」我說。

「哦，非常熱心。」他在回憶中微笑。「她相當迷人，你知道。她想寫一本關於她妓女生涯和為我工作為內容的書，我想是瑪塔．哈莉那個荷蘭女孩給了她這個靈感。當然，因為那個荷蘭女孩所扮演的角色，她無法在這個國家立足，但是我真的不認為波提雅．卡爾可能寫書，你說呢？」

「我不知道，她也不會知道了。」

「不，當然不。」

「不過，傑瑞．布羅菲爾卻可能知道。當你告訴他，你對警界的腐敗沒有興趣時，他是不是非常失望？」

「我不確定我當時是不是真的那麼說。」他突然蹙眉。「他是為這個來找我嗎？老天，他想寫一本書？」他不相信的搖搖頭。「我永遠不了解人，」他說，「我知道他的自命清高不過是裝模作樣，這也讓我決定不要與他有任何瓜葛，他的自以為是遠比他要提供給我的消息還多。我就是不能相信他，而且我覺得他對我的調查是弊多於利，結果他就跑去找特別檢察官那傢伙。」

特別檢察官那傢伙。要琢磨出納克斯．哈德斯提對艾柏納．普傑尼恩的看法並不難。

我說：「他去找普傑尼恩讓你很困擾嗎？」

「為什麼這會讓我困擾？」

我聳聳肩。「普傑尼恩開始大作文章，報紙讓他好好的表演了一番。」

「如果他要的是宣傳，那他是比較有力量了。但是現在，這件事反而讓他被逆火燒著似的。你不覺得嗎？」

「而這一定讓你很高興。」

「這證實了我的判斷。但是話說回來，這為什麼該讓我高興？」

「哦，嗯，你和普傑尼恩是對頭，不是嗎？」

「哦，我可不會那麼說。」

「不是嗎？我以為你是。我以為這就是你要她控告布羅菲爾勒索的原因。」

「什麼話！」

「你還有什麼理由這樣做？」我故意讓我的語調顯得我並不是要指控他，而是將之視為我們彼此都知道而承認的事。「一旦她對布羅菲爾提出控告，他就不再具危險性，普傑尼恩也不想再聽到他的名字被提起，同時還使得一開始用了布羅菲爾的普傑尼恩看起來像個傻子。」

他的祖父或者曾祖父可能曾經失控，但是有幾代良好教養為背景的哈德斯提，幾乎可以保持他所有的冷靜。他在椅子裡直了直身子，不過也僅止於此。「你的消息錯了。」他告訴我。

「提出告訴不是波提雅自己的主意。」

「也不是我的。」

「那她前天大約中午的時候為什麼要打電話給你？她需要你的建議，你告訴她繼續演戲，就把指控當做是真的一樣。她為什麼打電話給你？你為什麼那樣告訴她？」

這一次他沒有生氣，只是有點拖拖拉拉的——他拿起那杯牛奶，沒喝就又放下，接著玩弄起鎮紙和拆信刀。他看著我，問我怎麼知道她打過電話給他。

「我在場。」

「你在——」他瞪大了眼睛。「你就是那個要和她談的人。不過我想——你是在那起謀殺之前就為布羅菲爾工作了。」

「是的。」

「老天，我以為——嗯，我以為他是在凶殺案被捕之後才僱了你。嗯……所以你就是那個讓她十分焦慮的人。但是我在她和你見面之前就和她談過了。我們談話的時候，她甚至不知道你的名字。你怎麼知道——她沒有告訴你，她不會這樣做。哦，老天，你唬我的，對吧？」

「你可以說這是個受過訓練的推測。」

「我還是認為你在唬人，我大概不會想跟你玩撲克牌了，史卡德先生。是的，她打過電話給我——我可以承認，因為這相當明顯。而且我告訴她要堅持指控是真的，雖然我知道不是，但是一開始不是我叫她去控訴的。」

「那，是誰？」

「某些警察。我不知道他們的名字，而且我不認為卡爾小姐知道。她說她不知道，而在這個議題上，她似乎是對我坦白的。你知道，她並不想提出那些控告，要是我有機會幫她解套，她什麼都會願意做。」他微笑。「你可能以為我有理由終結普傑尼恩先生的調查；儘管我見到那個人臉上被砸了雞蛋不會難過，但是我絕不會大費周章的自己動手。某些警察，無論如何，有更強烈的動機蓄意破壞調查。」

「他們有卡爾的什麼把柄？」

「我不知道。當然，妓女總是很脆弱的，但是——」

「但是？」

「哦，這只是我的直覺。我有種感覺，他們並非藉法律之名，而是用某種法律之外的懲罰來威脅她，我相信她對他們的恐懼是肉體上的。」

我點頭。我和波提雅·卡爾見面時也有這種感覺。她不像是個害怕被驅逐出境或是被捕的人，倒像是很擔心被打或被殺；她是個眼看十月到來，而深深恐懼冬日降臨的人。

10

伊蓮住的地方距離波提雅・卡爾生前的住處不過三個街口，她那棟樓坐落於第一和第二大道之間的五十一街上。管理員透過對講機查明我的身分，並示意我可以入內，然後電梯將我帶到九樓，伊蓮打開了門在門口等我。

我認為她比普傑尼恩的祕書好看很多。她現在大約三十歲，看起來總比實際年齡年輕，而且她的輪廓是隨著歲月增長會更加好看的那一型。她的溫和與她冷硬具現代感的公寓形成對比，整間屋子都鋪上白色粗毛地毯，所有的家具都是有稜有角、原色幾何圖形的。我通常不喜歡這樣的房間，但是她這地方卻讓我喜歡。她曾告訴過我，房子是她自己布置的。

我們就像老朋友般的互相親吻。她抓住我的手肘，身子向後傾。「特務馬岱報告，」她說，「可別小看我喔，老兄。我這個看起來像一個相機的相機呢，其實是個領帶夾喔。」

「我說你弄反了吧？」

「這個嘛，但願如此。」她轉過身，飄然走到一旁。「其實我還沒有找到太多線索。你想知道她電話簿裡有哪些重要人物是吧？」

「特別是那些政客。」

「我就是這個意思。我問的每一個人都講了三、四個名字，一些是演員，也有些是歌手。老實說，有些應召女郎就和那些追星族一樣糟糕，她們和其他跟名人上過床的人一樣愛現。」

「你是今天第二個告訴我應召女郎並非對每件事情都保密的人。」

「哈！不是每個妓女都是守口如瓶的青樓女子史黛拉．史戴柏，馬修。當然，我可是心理健康小姐選拔的第一名。」

「那當然。」

「她沒有提到她電話簿裡有哪些政客，也許是因為她並不因此自豪。如果她曾經跟州長或參議員搞過，應該會有人聽過。但是如果那是本地的某人，誰會在乎？有什麼大不了的？」

「這些政客們若知道他們沒有那麼重要，可能會很傷心。」

「可不是？他們肯定很不是滋味。」她點燃一支菸。「你應該去搞到她的電話簿。就算她很聰明的用代號記錄，你還是會有這些客戶的電話號碼，你可以經由電話回頭去找出人名。」

「你的電話簿是用代號嗎？」

「名字和號碼都是，親愛的。」她露出得意的笑。「誰偷了我的電話簿等於偷到垃圾，就像偷了奧賽羅的荷包；不過那是因為我就像布蘭達．布莉安一樣，是個聰明的妓女。你能弄到波提雅的電話簿嗎？」

我搖頭。「我確定警察已經搜遍她住的地方，如果她有電話簿，他們一定已經發現，然後在翻遍它後丟到河裡。他們不要虎頭蛇尾，讓布羅菲爾的律師有機可趁。他們要掏空他內臟然後五馬分屍，除非布羅菲爾是簿子上唯一的一個名字，他們才會留下這本電話簿。」

「你想是誰殺了她，馬修？警察？」

「大家都這樣猜。也許我離開警界太久了，我很難相信警察只是為了設計某人而真的去謀殺某個無辜的妓女。」

她張嘴，卻又闔上。

「怎麼了？」

「嗯，也許你離開警界太久了。」她看起來還想說些什麼，卻很快的搖搖頭。「我想給自己倒杯茶。我真是個差勁的主人，你要不要喝點什麼？我沒有波本，但是有蘇格蘭威士忌。」

正好。「一小杯，純的。」

「馬上來。」

當她在廚房時，我想了想警察和妓女的關係，以及伊蓮和我的關係。在我離開警局之前，我就已經認識她好幾年了。我們第一次見面是很社交性的，雖然我不記得確切的情況。我相信我們是透過一個共同的朋友在餐廳或其他什麼地方介紹認識的，我們也可能是在一個派對上遇見的，我不記得了。

對妓女而言，有個關係特別好的警察是件很有用的事。如果，另一個警察同僚讓她不好過，他可以幫她把事情搞定。在法律方面，他可以給她一些具有實際考量的建議，這類建議經常比她從律師那裡得來的更有用。當然，她則像女人通常用以回報男人的方法，報答他所做的一切。

所以我在伊蓮・馬岱的免費名單上混了好幾年，當她四周的壓力開始逼近的時候，我就是那個她要找的人。我們都不會濫用特權，如果我剛好在附近，每隔一陣子我就會來看看她，而十次有八次她找我都是因為上述的狀況。

後來我離開了警界，有幾個月我完全沒有興趣跟人接觸，對所有的性接觸更是沒有胃口。然後有一天，我有興趣了，我打電話給伊蓮，並且來見她。她一直沒提我已經不是警察而我們的關係也因此改變之類的話。如果她說了，我或許就不會想再去找她。但是在我離開的時候，我在茶几上放了些錢，然後她說她希望很快會再見到我，而她的確不時就會見到我。

我想我們最初的關係構成了警察腐敗的一種形態。我既不扮演她的保護者，我的工作也不在於逮捕她，我曾經在值勤的時候去找她，而我的正式職務則讓我得到了與她同床的權利。這就是腐敗，我想。

她為我送來我的飲料——一個裝了三盎司威士忌的玻璃杯，然後她帶著一杯奶茶坐進長沙發。她將雙腿蜷在她小巧的臀部底下，用一支小湯匙攪拌她的茶。

「天氣真好。」她說。

「嗯。」

「我真希望住得離中央公園近一點。每天早上我都花很長的時間散步；像今天這樣的時候，我會想在中央公園裡散步。」

「你每天早上都花很長的時間散步？」

「當然，有好處的。怎麼了？」

「我以為你會睡到中午。」

「哦，不，我是個早起者，當然，我自中午以後才有訪客。我可以早睡因為我很少讓人在這裡待到晚上十點以後。」

「這真有趣，人們總以為這是過夜生活的行業。」

「然而它不是。那些男人，你知道，他們必須回家與家人在一起。我的客人當中，有百分之九十是安排在中午到六點半之間的。」

「很合理。」

「等一下我有人來，馬修。但是如果你想要，我們還有時間。」

「我寧願保留到下次。」

「嗯，也好。」

我再喝了點飲料。「再回到波提雅・卡爾，」我說，「你沒找出哪個人可能和政府有某種關聯？」

「嗯，我也許找到了。」我臉上的表情一定變了，因為她說：「不，我不是在賣關子，老天。我知道一個名字，但是我不知道我是否弄對了，我不知道他是誰。」

「什麼名字？」

「好像姓曼茲、曼區還是曼斯，我不確定。我知道他是某個跟市長有關的人，但是我不曉得是什麼關係，至少我聽到的是這樣。別問我這傢伙的名字，因為沒人知道他的名字。這是否給了你什麼線索？曼斯、曼茲或曼區，或者其他像這樣的姓？」

「沒有喚起什麼。他和市長有關係？」

「嗯，我聽說是這樣。我知道他喜歡做什麼，如果那有幫助的話。他是一個廁奴。」

「廁奴是什麼鬼？」

「真希望你曉得，談這個對我來說不是特別興奮的事。」她放下茶杯。「廁奴就是，嗯，他們有很多不同的怪癖，其中一個例子是，他們想要人命令他們喝尿或吃屎，或者用他們的舌頭把你的屁股，或是把馬桶之類的舔乾淨。你可以叫他做非常噁心的事，或者一些具象徵性的事，好比讓他們拖浴室的地板。」

「為什麼有人——算了，別告訴我。」

「世界是愈來愈奇怪了，馬修。」

「嗯。」

「似乎再也沒人上床了。你可以靠玩性虐待賺好大一筆錢；如果你能滿足他們的幻想，他們就會付大把的鈔票。但是我認為不值得，我可不想去滿足這些怪癖。」

「你還真是個老派的女孩，伊蓮。」

「這就是我。我喜歡硬裙襯、薰衣草香包和所有的好東西。再來一杯？」

「一點就好。」

她倒酒回來的時候我說：「曼斯或曼區或是類似的姓。我會看看這能不能有什麼進展，雖然我想這是條死胡同。我對警察愈來愈有興趣了。」

「因為我說的事嗎？」

「因為你說的，以及一些別人說過的事。她在警隊有照顧她的人嗎？」

「你是說像你過去幫我那樣的嗎？她當然有，但是這會讓你想到什麼嗎？他就是你的朋友。」

「布羅菲爾？」

「當然。那些勒索數字完全是胡扯，但是我猜你知道。」

我點點頭。「還有別人嗎？」

「可能，但是我從沒聽說。沒有拉皮條的，沒有男朋友，除非你把布羅菲爾算做男友。」

「她的生活裡有別的警察介入嗎？找她麻煩，或者其他種種的？」

「我沒聽說過。」

我啜了一口威士忌。「這有點離題，伊蓮，警察找你麻煩嗎？」

「你是說他們找我麻煩還是曾經找我麻煩？這種事以前有過，但是後來我學會了點。你有個警察常客，其他的就會放過你。」

「當然。」

「如果某人讓我不好過，我就會報幾個名字或者打個電話，一切就解決了。你知道更糟的是什麼嗎？不是警察，而是假扮警察的人。」

「冒充警察？那是犯法的，你知道。」

「靠！馬修，難不成我還去按鈴申告？曾經有些男的在我面前秀出警徽，做足了戲。要是個剛來紐約的傻女孩，就只看到一片銀色盾牌，而她也只能縮在一邊氣個半死。但是我很冷靜地仔細看，結果那是小孩子拿來跟塑膠手槍配成一套的玩具警徽。別笑，是真的，我就遇過這種事。」

「他們想跟你要什麼呢？錢嗎？」

「哦，我拆穿他們之後，他們假裝那是個玩笑，但是它不是個玩笑。我碰過要錢的，但是他們多數是要免費玩一趟。」

「於是他們就用玩具警徽。」

「我還看過你絕對會認為是零食附贈的玩具警徽。」

「男人是奇怪的動物。」

「哦，男人女人都是，親愛的。我告訴你，每個人都很怪，基本上每個人都是怪胎，有時是在性方面，有時又是另一類不同的怪癖，但是大體上每個人都是瘋子；包括你、我、全世界。」

∞

要發現李昂．曼區在一年半前被指派擔任助理副市長並不是件難事。在四十二街圖書館裡，只要很短的時間就搞定了。在我查詢的那冊《紐約時報》索引裡，有很多姓曼斯和曼茲的，但是他們沒有一個看起來與眼前的狀況有關。曼區在過去五年的《紐約時報》裡面只被提過一次，內容與他被指派有關，於是我很費事的到微卷室去讀了那篇文章。他是文章裡提到的半打人中的一個，上面只說他已經獲得任命，同時指出他原來的身分是一名律師。我不知道他的年齡、住處、婚姻狀況或其他任何事情。上面沒說他是個廁奴，但是我已經曉得了。

我在曼哈頓的電話簿上沒找到他，也許他住在別的區，或者在整個紐約市之外。也許他的電話沒有登記，登記的也可能是他太太的名字。我打電話到市政府，他們告訴我他已經離開辦公室了；我甚至沒有試著問他家裡的電話。

8

我在麥迪遜大道和五十一街一家叫歐布萊恩的酒吧打電話給她。酒保名叫尼克，我認識他，因為一年多前他曾經在阿姆斯壯工作。我們彼此都深信這個世界很小，於是互相請對方幾杯酒，然後我走到後面的電話間撥了她的號碼——我得查我的筆記本才知道。

她一接起電話我就說：「我是馬修，你方便說話嗎？」

「喂，我可以，就我一個人在。我姐姐和姐夫今天早上從灣港開車來把小孩帶走了，他們會在那邊待到——哦，反正會待一陣子。他們認為這樣對小孩比較好，我也比較輕鬆。我其實不想讓他們把小孩帶走，但是我沒有力氣跟他們爭辯；而且，也許他們是對的，也許這樣比較好。」

「你的聲音聽起來有點顫抖。」

「不是顫抖，只是非常空虛，非常疲倦。你還好嗎？」

「我很好。」

「我希望你在這裡。」

「我也希望。」

「哦，親愛的，我希望我知道自己對這一切有什麼感覺，我嚇壞了。你懂我的意思嗎？」

「我懂。」

「稍早前他的律師打過電話來，你跟他談過嗎？」

「沒有。他想跟我聯絡嗎？」

「事實上，他似乎對你沒有太大的興趣。他對於在法庭上打贏官司非常有信心，當我說你正在試著調查是誰殺了那個女人，他似乎——我該怎麼說？他給我的印象是，他相信傑瑞是有罪的。他要讓他獲得開釋，但是他真的一點也不認為他是清白的。」

「很多律師都是這樣的，黛安娜。」

「就像很多外科醫師覺得他的工作就是割盲腸，不管那個盲腸有沒有問題。」

「我不確定這是不是同一回事，但是我懂你的意思。不曉得我和那個律師聯絡是否有意義。」

「我不知道，我要說的是……哦，這太蠢了，而且很難說出口。馬修？當我接起電話卻是那個律師的時候，我很失望，因為我一直期待，哦，那是你。」無聲。「馬修？」

「我在。」

「我不該說這些？」

「不，別傻了。」我喘了一口氣。這個電話間熱得不能透氣，我把門打開一點。「我想早點打電話給你的，我現在不該打給你，真的，我不能說我有很大的進展。」

「無論如何，我很高興你打來。你有任何發現嗎？」

「也許。你丈夫曾經向你提過寫書的事嗎？」

「我寫書？我不知道要從何處下筆，我曾經寫過詩，恐怕不是很好的詩。」

「我是說，他有沒有說過他可能會寫一本書？」

「傑瑞？他連讀都不讀，更別說寫了。為什麼這樣問？」

「等我見到你再告訴你。我打聽到一些事情，問題是，它們是否能拼湊起來，成為什麼有意義的事。他沒有殺她，我就知道這麼多。」

「你比昨天更加肯定了。」

「對。」我停頓了一下。「我一直在想你的事。」

「很好，我想那很好。想些什麼？」

「令我好奇的事。」

「好的還是不好的？」

「哦，我想，是好的。」

「我也一直在想。」

結果我整個晚上都耗在格林威治村。奇怪的是，我沒有休息，一股莫名的亢奮驅動我不停的移動。那是星期五的晚上，城裡比較好的酒吧就像每個星期五晚上一樣的擁擠和吵雜。我去了「水壺」、「蜜娜塔」、「惠妮」、「麥貝爾」、「聖喬治」、「獅頭」、「河畔」和其他我不記得名字的地方。但是我無法在任何一個地方待下來，所以我在每家酒吧只喝一杯，結果大部分的酒精作用就在每杯酒之間的步行中揮發了。我一直移動，並且向西行，離開了觀光區，逐漸接近格林威治村靠哈德遜河的地方。

當我到「辛西亞」的時候，應該是午夜前後了。它在相當西邊的克里斯多夫街上，是漫遊的同性戀者去碼頭附近見港口工人和卡車司機途中的最後停留點。同性戀酒吧嚇不倒我，但是我並不常去。有時候，我人在附近的話，就會進去坐坐，因為我跟那個老闆很熟。事情得追溯到十五年前。我因為他涉及一樁少年犯罪而必須逮捕他，那個引起問題的少年當時已經十七歲，而且是個老手，但是我必須要逮捕他，別無選擇——因為少年的爸爸正式提出申訴。肯恩的律師和少年的爸爸私下進行了一次交談，律師告訴他會把什麼事情帶上法庭公開，後來這件事就這樣解決了。

多年來，肯恩和我發展出一種介於熟人和朋友之間的關係。我走進酒吧的時候，他正在吧台後面，一如往常的看起來像是個二十八歲的年輕人。他真正的年齡一定有外表的兩倍左右，你得非常靠近他，才能發現拉過皮的痕跡。那些細心梳理過的頭髮都是肯恩自己的，雖然染成金色的部分是一個叫做克萊柔的女士送的禮物。

他店裡大概有十五個客人，一個一個看過去，你沒理由懷疑他們是同性戀者，但是整體來看，他們的同性戀傾向就變得肯定而幾乎是這個長形狹窄空間的一部分，或許這氣氛是他們對於我闖進這裡的反應。在任何一個不完整世界裡過日子的人，總是有辨識警察的能力，而我還沒學會如何避免像個警察。

「馬修．史卡德先生，」肯恩大聲說，「歡迎，歡迎你一如往昔。這一帶的生意不像你預測的那麼難做。還是波本嗎？親愛的，還喜歡吧？」

「就要那個，肯恩。」

「我很高興看到一切都沒改變，在瘋狂世界裡你依然沒變。」

我在吧台旁坐下，當肯恩大聲招呼之後，其他的酒客便放鬆了，這也許正是他想製造的效果。他在玻璃杯裡倒了相當多的波本酒，然後放在我面前的吧台上。我喝了幾口，肯恩向我傾身，用雙肘支撐身體。他的臉曬得很黑，他在火島度過夏天，其餘的時間則藉日光浴燈保持膚色。

「在工作嗎？甜心。」

「事實上，是的。」

他嘆了一口氣。「這對我們來說最好不過。我從勞動節以後就回來工作，卻到現在還不習慣。

一整個夏天我都愉快的癱在陽光下，把這個地方交給艾佛瑞胡攪。你認識艾佛瑞嗎？」

「不認識。」

「我確定他背著我偷我的錢，不過我不在乎。我只想讓這地方開著做我的生意。我可不是心腸不好，只是我不希望這些女孩們發現城裡還有其他賣酒的地方。只要收入和支出打得平，我是既幸福又快樂。等我終於有了些微利潤的時候，那可就令人喜出望外。」他眨眨眼，快步走到吧台那邊去倒了幾杯酒，收了點錢。然後他又回來，再一次用他的雙手托著下巴。

他說：「打賭我知道你在忙什麼？」

「打賭你不知道。」

「要不要賭一杯？你在忙，讓我想想——他的縮寫該不會是J. B.吧？我可不是說你正在喝的金賓牌波本。應該是J. B.（傑瑞．布羅菲爾）和他的好朋友P. C.（波提雅．卡爾）吧？」他的眉毛很誇張的揚起。「老天，為什麼你可憐的下巴向著滿布灰塵的地板垂下一半了呢，馬修？正是這件事讓你來到這個隨處可見的小地方吧？」

我搖搖頭。

「真的？」

「我只是剛好經過附近。」

「這可真難得。」

「我知道他住的地方離這裡只幾個街口，但是這為什麼會讓他和這地方有關聯，肯恩？他位於巴羅街的公寓附近有好幾打酒吧。你是剛好猜到我在忙他的案子，還是你聽到了什麼？」

「我不知道這算不算是猜測，比較像是預設立場吧。他曾經在這裡喝酒。」

「布羅菲爾？」

「就是那個。他不是那麼常來，但是每隔一陣子就會出現。不，他不是同性戀，馬修。或者他是，只是我不知道，而且連他自己也不知道。他在這裡肯定沒有露出他是同性戀的跡象，天曉得這裡隨便哪一個人都會興奮得想把他帶回家。他真是帥極了。」

「不過他不是你喜歡的型，對吧？」

「一點也不是。我喜歡下流的小男生，你清楚得很。」

「我的確是很清楚。」

「每個人都清楚得很，甜心。」有人用玻璃杯輕敲吧台要求倒酒服務。「哦，把杯子放進你的褲子裡吧，瑪莉。」肯恩用一種做作的英國腔對他說：「我正跟一位來自蘇格蘭場的紳士談話呢。」他對我說：「說到英國腔，是他帶『她』來這裡的，你知道。你不知道嗎？那你現在知道了。再來一杯？你已經欠我兩杯雙份的了——你喝掉的那杯和你打賭輸我的那杯；就來個『無三不成禮』吧。」他倒了一杯很足的雙份威士忌，放下酒瓶。「我當然猜得到你為什麼來這裡，畢竟，這裡不是你平常泡的地方。他們曾經各自或一起來過，而現在她死了，他被關在窗戶上了鐵條的旅館裡面，結論幾乎都底定了：M.S.（馬修．史卡德）要知道有關J.B.和P.C.的事。」

「最後一部分絕對是真的。」

「那就問我呀。」

「一開始他是一個人來的？」

「有很長一段時間，他都是自己一個人來。最初，他並不是常客，我想他第一次出現也許是在一年半之前。我看他大概一個月來個幾次，每次都是一個人。他看起來像警察，同時又不太像；我沒有惡意，但是他太會穿衣服了。」

「幹嘛影射我？」他聳聳肩，過去照顧生意。在他走開之後，我試著弄懂布羅菲爾為什麼要駕臨「辛西亞」。唯一合理的解釋是，他想離開公寓而又不想撞見他認識的人，一個同性戀酒吧剛好可以符合他的需要。

肯恩回來之後，我說：「你剛才提到他曾經跟波提雅．卡爾一起來，那是什麼時候？」

「我不確定。他可能曾經在夏天的時候帶她來過而我不知道。我第一次看到他們在一起是——三個星期前吧？當我不知道事情可能變得很重要時，要我鎖定那些事是很困難的。」

「那是在你知道他是誰之前還是之後？」

「啊，聰明，聰明！那是在我知道他是誰之後，所以三個星期也許是對的，因為他開始跟那個調查人員接觸後，我才熟悉他的名字的。我在報紙上看到他的照片，然後他就跟那位『女英雄』一起出現。」

「他們一起來了多少次？」

「至少兩次，也許三次，都是在同一個星期之內。我可以為你加滿那杯酒嗎？」我搖頭。「後來我就再也沒有見到他們倆一起，不過我的確看到她再來。」

「一個人？」

「就那一次。她進來，在一張桌子旁坐下，點了一杯喝的。」

「什麼時候的事？」

「今天星期幾？禮拜五嗎？那大概是星期二晚上。」

「而她星期三晚上就被殺了。」

「嗯，別看我，情人，不是我幹的。」

「我相信你說的。」我想起星期二晚上我在各個公共電話丟了一角錢，結果只聽到她的電話錄音，原來她在這裡。

「她為什麼來這裡，肯恩？」

「來見某人。」

「布羅菲爾？」

「我是這麼猜，但是最後來和她見面的那個男人卻與布羅菲爾有天壤之別，簡直難以相信他們是同類。」

「他是她等的那個人嗎？」

「哦，絕對是。他進來找她，而每次門一開她就抬頭望。」他抓抓頭。「我不知道她認不認識他，我是說，從外表看來。我有一種模糊的感覺，覺得她不認識他，不過我只是在猜。這不是很久以前的事，馬修，但是我那時並沒有很注意。」

「他們在一起多久？」

「他們在這裡待了也許有半個鐘頭，也許再長一點，然後他們就一起離開，所以他們後來可能一起度過了好幾個小時；他們似乎不認為我可以做他們的心腹。」

「而你不知道那個傢伙是誰。」

「之前、之後都沒有見過他。」

「他長得什麼樣子，肯恩？」

「嗯，他長得不怎麼樣，我會這樣告訴你，不過我想，你寧願要描述而不是評論。讓我想想。」

他闔上眼，手指在吧台的檯面打鼓似的敲著。他閉著眼睛說，「一個小個子，馬修。個子矮矮的，瘦瘦的，臉頰凹陷，寬廣的前額和短得嚇人的下巴。他留著落腮鬍嘗試隱藏他沒有下巴，不過上唇沒有留鬍子。他帶著玳瑁框的厚眼鏡，所以我沒看到他的眼睛，也無法真的肯定他長了眼睛；雖然我猜他有，就像大多數人通常都有一樣。而且依照慣例，是一左一右，雖然偶有例外——有什麼不對勁嗎？」

「沒有，肯恩。」

「你認識他？」

「對，我認識他。」

8

不久我離開了肯恩的店，然後便有一段我不太記得的時間。我可能去了一兩家酒吧，最後我發現自己在布羅菲爾位於巴羅街那棟公寓大樓的前庭。

我不知道是什麼風把我吹到這裡，或者為什麼我應該來這裡，但是那個時候對我來說，一定有些什麼意義。一條膠製黃色長帶子赫然圍住裡面的那道鎖，他的公寓大門也被圍住。我一進入他的公寓，就鎖上了門並且到處去開燈，讓自己覺得自在。我找到一瓶波本，為自己倒了一杯，又在冰箱裡找到了一瓶啤酒當酒後的清淡飲料。過了一會兒，我打開收音機，找到一個播放不吵人音樂的電台。

再喝了一些波本和啤酒之後，我脫掉外套，整齊掛在他的衣櫥裡。我剝下我其他的衣服，在抽屜裡找到一套他的睡衣穿上。我必須捲起褲腳，因為我穿起來有點太長了。除此之外衣服還算合身；雖然有點大，但是還滿適合的。

在我上床之前，我拿起電話撥了號。我已經好幾天沒撥這個號碼，但是我還記得。

電話那端是一個帶著英國腔的低沉聲音。「七二五五。很抱歉，現在沒人在家，如果您在訊號聲響起之後留下姓名和電話號碼，我會盡快給您回話，謝謝。」

死亡是一個漸進的過程。有人在四十八小時前就在這個公寓裡將她刺死，但是她的聲音依然在她的電話中答話。

我再打了兩次，只為了聽她的聲音，並未留言。然後我又喝了一瓶啤酒以及剩下的波本，才爬上他的床去睡覺。

12

因為追逐一個不成形的夢境，我醒來的時候非常混亂而沒有方向感。有一刻我穿著他的睡衣站在他的床邊，不知自己身在何處。然後記憶一擁而上，盈滿而完整。我很快的淋浴，吹乾，再一次穿上我自己的衣服。我喝了一瓶啤酒當早餐便離開那裡，走進明亮的晨光中，感覺像個夜賊。

我想馬上行動，但是我讓自己在「吉米的一天」吃了一頓有蛋、有培根、有土司和咖啡的豐盛早餐，然後搭地鐵到了上城。

在旅館等著我的，有一張留言，還有一堆被我直接扔進字紙簍的垃圾郵件。留言者是塞爾頓・沃克，他要我方便的時候回電給他。我判定沒有比現在更方便的時候了，於是我便從旅館大廳撥電話給他。

他的祕書馬上幫我接了進去。他說：「我今天早上見了我的委託人，史卡德先生。他寫了些東西要我讀給你聽。我可以唸了嗎？」

「請。」

「馬修——我不知道曼區和波提雅之間有什麼關聯，他是市長助理嗎？她簿子裡有一些政治人物，但是她不願意告訴我他們是誰。我不會再對你有所隱瞞了，我沒有告訴你有關佛爾曼的事以及我們的計畫，因為我不認為那與案子有關，所以我沒有講。別管這些了，你該注意那兩個逮到我的警察，他們怎麼知道要到我的公寓來抓人？誰密報給他們？從這個方向著手。」

「就這樣？」

「就這樣，史卡德先生。我好像做傳訊服務的，複述問題和答案，卻不知道是什麼意思。它們根本就像是密碼一樣，我相信這口信對你來說應該有些意義吧？」

「有一點。你看了布羅菲爾覺得怎麼樣？他精神好嗎？」

「哦，非常好，他很有信心會獲得釋放。我想他的樂觀是有理由的。」他有一缸子怎樣不讓布羅菲爾坐牢，或者讓他繼續上訴的法律策略要說，但是我不想費時去聽。當他說話的速度稍微減慢，我便謝了他並向他說再見。

我到火焰餐廳去喝杯咖啡，同時思忖布羅菲爾的口信。他的建議完全錯誤，我想了一下就明白是為什麼。他的想法就像個警察。這可以理解——他花了很多年的時間學習警察的思考方式，所以很難馬上改變這種傾向。大多數的時間我自己也還是這樣思考，不過我試著忘掉這個舊習慣也有好幾年了。就一個警察的觀點，將問題釘在布羅菲爾想要注意的地方是很合理的。你掌握疑難雜訊，然後回頭找線索，追蹤每一條可能的路，直到你找到是誰報的案。而其中的假設是，打電話的人就是兇手，即使不是，他也可能看到了些什麼。

如果打電話的人沒有殺人，那就是另有其人。也許有人看見波提雅．卡爾在她死掉的那個晚上進入那棟巴羅街的公寓大樓，她不是一個人進去的，某人應該看見她與那個最後殺掉她的人挽著手走進去。

這就是警察可能想出來的故事大綱；而警局有兩樣東西可以完成這樣的調查——人力和權威，兩者缺一不可。一個獨立作業的人不可能用這種方法；一個連基層警徽都沒有的人，一般人不會認為他們應該跟他談，而他也根本不會想到用這種大費周章的方法去完成任何事情。

特別是當警察一開始就不願跟他合作，特別是當警察反對任何可能讓布羅菲爾遠離電椅的調查時，他更不會從這方面著手。

所以我的方法必須非常與眾不同，必須是即使非警察人員也可能證實的方法。我必須找出是誰殺了她，然後我得找出一些事實來支持我已經猜到的部分。

但是首先，我得找到某人。

一個矮個子，肯恩說過了。他是矮個子、瘦瘦的、臉頰凹陷、前額寬廣而下巴短得嚇人、有著濃密落腮鬍、上唇卻沒有鬍子、並且帶著玳瑁框厚眼鏡的人。

∞

我先到阿姆斯壯去看了看。他不在，那天早上他也還沒有去過那裡。我想要喝一杯，但是我想我不喝酒也可以逮到道格拉斯．佛爾曼。

但是我沒有機會這麼做。我去他的公寓按了電鈴，又是那個褐髮的女人來應門，她可能穿的是同一件袍子和拖鞋。她再一次告訴我已經客滿，並且建議我試試沿街的第三家。

「道格拉斯．佛爾曼。」我說。

她費力的抬眼注視我的臉。「四樓最前面，」她說。她稍微蹙眉，「你來過這裡，來找過他。」

「沒錯。」

「對嘛，我就說我見過你。」她用食指擦過鼻子，又抹抹袍子。「我不知道他在不在，你要敲他的門就請便。」

「好的。」

「不過別亂搞他的門，他裝了防盜警鈴，什麼聲音它都會響，我甚至沒辦法進去幫他打掃，他自己打掃，想像一下那個狀況。」

「比起其他人，他也許是跟你在一起最久的。」

「聽著，他在這兒比我待得還久。我已經在這裡工作，有——一年？兩年？」如果她不知道，我也無法幫她。「他已經在這裡好多年了。」

「我猜你跟他很熟。」

「一點也不熟，我跟他們都不熟。我沒時間去認識人，先生。我有我自己的問題，你該相信。」

我相信，但是我並不因此想知道那是什麼問題。她顯然不能告訴我任何有關佛爾曼的事，而我對於她可能告訴我的其他事情毫無興趣。我從她身邊走過，爬上樓梯。

他不在家。我試了門把，門是鎖著的。這扇門的門閂也許很容易打開，但是我不想弄響警鈴。

我想要是那位老婦人沒有提醒我，我可能早就忘記警鈴的事。

我寫了一張請他立即與我聯絡的紙條，簽了我的名字，加上我的電話號碼，把紙條送進門下的細縫；然後我便下樓走出去。

8

在布魯克林的電話簿裡記載著一個李昂．曼區，地址是在皮爾朋街，也就是布魯克林高地，我想那是個適合廁奴居住的好地方。我撥了號，電話響了十幾聲我才放棄。

我試了普傑尼恩的辦公室，沒人接聽；即使改革英雄一個星期也只工作五天。我又試了市政廳，猜想曼區是否去了辦公室；那裡起碼有人接了電話，雖然叫李昂．曼區的現在並不在那兒。

電話簿上記載艾柏納．普傑尼恩住在中央公園西四四四號。我撥他的號碼撥到一半，突然覺得沒有意義。他根本不知道我是誰，他不會願意在電話裡跟一個完全陌生的人合作。我掛上電話，收回我的一角錢，開始找克勞德．羅比爾。曼哈頓只有一個羅比爾，一個住在西緣大道的羅比爾。我試了那個號碼，一個女人接了電話，我便說要找克勞德。當他來聽電話，我問他是否曾經跟一個叫道格拉斯．佛爾曼的人接觸過。

「我對這個名字沒印象。他是什麼背景？」

「他是布羅菲爾認識的人。」

「警察嗎？我不認為我聽過這個名字。」

「也許你的老闆聽過，我正要告訴他，但是他不認識我。」

「哦，我很高興你沒打給他而打給我。我可以打電話給普傑尼恩先生，並且幫你問他，然後我再回話給你。你還要我問什麼其他的事情嗎？」

「問他李昂．曼區這個名字是否讓他想起任何事情，我是說，跟布羅菲爾有關的。」

「當然。我會馬上給你回話，史卡德先生。」

不到五分鐘他就回了電話。「我剛跟普傑尼恩先生談過，你提的名字他都沒聽過。嗯，史卡德先生？如果我是你的話，我會避免直接面對普傑尼恩先生。」

「呃？」

「他對我與你合作的事不是很高興，他沒有直說，但是我想你了解我的立場。套用他的說法，他希望他的下屬遵循『溫和忽視』政策。你一定不會將我說的這些話說出去吧？」

「當然。」

「你還是確信布羅菲爾是無辜的嗎？」

「比以前更相信。」

「而這個叫佛爾曼的掌握了關鍵？」

「可能。事情逐漸整合起來了。」

「聽起來很不錯，」他說，「嗯，我不打擾你了，如果有什麼我能幫忙的，就打個電話給我，不過一定要保密，好嗎？」

過了一會兒我打電話給黛安娜，我們約了八點半在第九大道的法國餐廳「布列塔尼之夜」碰面。那是個安靜而享有隱私的地方，在那兒，我們有機會成為安靜而享有隱私的人。

「八點半見了。」她說：「你有任何進展了嗎？哦，你可以見面時再告訴我。」

「沒錯。」

「我想太多了，馬修，我懷疑你是否知道那是什麼樣子。有太多的時間我不思考，幾乎希望自己不去思考，但是思緒彷彿綁住了我似的。我不該說這些，我只會嚇壞你。」

「你不必擔心。」

「這就是奇怪的地方。我並不擔心，你不覺得那很奇怪嗎？」

∞

我回旅館的路上，順道去了佛爾曼的公寓。管理員沒應門，我猜她去忙她提過的那些問題去了。我自己進去，上了樓梯；他不在家，而且顯然一直不在——我看見我在門底下留給他的字條。

我希望我有他的電話號碼——假如他有電話的話。我去他家的時候沒有看見，不過他的桌子很亂，可能有一部電話被蓋在那堆紙張下面。

我又回家一趟，沖了澡，刮了鬍子，整了整房間。打掃的女侍已經大略清理過了，我能做的並不太多。這裡看起來總是這個樣子，一個讓人沒有好感的旅館裡面的小房間。佛爾曼選擇將他的套房改裝成他個人的延伸，而我則讓我的房間維持我找到它時的模樣。最初我覺得它再簡單不過的陳設非常適合我，現在我已經不再去注意它，只有要在裡面招待客人的時候我才會在意它的外觀。

我檢查了存酒，看起來還夠喝，不過我不知道她喜歡喝什麼；對街的小店在十一點前都可以送貨。

我穿上最好的一套西裝，淡淡的噴了點古龍水——那是兒子們過去送我的聖誕禮物；我甚至不確定是哪一年的聖誕節，或者我上一次用是什麼時候。我噴了一點，覺得有點荒謬，不過話說回來，倒也沒什麼不快。

我在阿姆斯壯酒吧略略停腳。佛爾曼大約一個小時前來過又走了。我留了張字條給他，然後打電話給曼區，這一次他接了電話。

我說：「曼區先生，我叫馬修．史卡德，是波提雅．卡爾的朋友。」

他停頓不語，這停頓的時間長得讓他的回答缺乏說服力。「我恐怕不認識任何叫這個名字的人。」

「我很肯定你認識。你不會想來這套吧，曼區先生？沒有用的。」

「你想怎樣？」

「我想見你，明天的某個時候。」

「做什麼？」

「我見到你就會告訴你。」

「我不明白。你說你叫什麼名字？」

我告訴他。

「嗯，我不懂，史卡德先生。我不知道你想從我這裡得到什麼。」

「我明天下午會去你那裡。」

「我不——」

「明天下午，」我說，「大概三點，對你來說這會是個好主意。」

他開始說話，但是我沒有在線上停留太久聽他說。時間已經過了八點，我走出去，邁向第九大道的那家餐廳。

13

我們坐在包廂座裡。她穿了一件簡單的黑色合身洋裝，沒有佩戴首飾，她的香水是帶辛香料基調的花香。我為她點了一杯苦艾酒加冰塊，幫我自己點了一杯波本。喝第一巡的時候，我們一直談些輕鬆而無關緊要的話，我們點第二杯酒時，同時也向女侍點了菜——她要了小羊胰，我則要了牛排。酒來了之後，我們再度碰杯，然後我們的目光交會，使我們陷入略帶窘況的沉默。

她先打破了寂靜。她伸過一隻手來，我握住它，她垂下眼說：「我對這類狀況不是很在行，疏於練習，我想。」

「我也是。」

「你有好幾年的時間習慣做個單身漢，我曾經有過一段小小的婚外情，但是那並沒有什麼，他也是結了婚的人。」

「你不必談這個。」

「哦，我知道。他已婚，那是個一時的、純粹肉體的關係，老實說，甚至不是那麼美好的肉體關係；而且並沒有持續很久。」她猶豫了一下。她可能在等我說些什麼，但是我卻保持沉默。然後她說：「你可能希望這是，呃，一時的，沒有關係，馬修。」

「我不認為我們能將彼此視為一時的過客。」

「不，我想我們不能。我希望——我不知道我希望什麼。」她舉起杯子，啜了一口。「我今晚也許會想喝到有點醉，這是個很糟的念頭嗎？」

「這可能是個好主意。要不要來配點葡萄酒？」

「好啊。我猜那是個不好的信號——得讓自己喝到有點醉。」

「嗯，我是最沒有資格告訴你那是個壞主意的人。我這輩子每天都喝到有點醉。」

「那是我該擔心的事嗎？」

「我不知道，不過這的確是你該知道的事情，黛安娜。你應該知道你正跟什麼樣的人在一起。」

「你是個酒鬼嗎？」

「嗯，什麼是酒鬼？我猜我喝下的酒讓我夠格稱得上是個酒鬼。目前為止，酒並沒有讓我廢掉，但我想它終究會的。」

「你可以停止不喝嗎？或者減量？」

「也許。如果我有理由的話。」

女侍送來我們的開胃菜，我點了一瓶紅酒。黛安娜用一隻小叉子叉起一個淡菜，送到嘴邊的途中卻突然停了下來。

「也許我們還不該談這個。」

「也許。」

「我想我們對大多數的事有相同的感覺，我想我們要的東西一樣，害怕的東西也相同。」

「或者，起碼非常接近。」

「對。也許你不是什麼君子，馬修。我想這是你一直試著告訴我的。我自己也不是什麼淑女。我不喝酒，但是我說不定也可以喝。我剛發現了一個從人類競爭中退出的方法，我放棄做我自己，我覺得——」

「什麼？」

「我覺得好像得到了第二個機會，我好像一直都有這個機會，但是你只有在你知道擁有時，才會擁有它。而我不知道你是不是這個機會的一部分，還是說你的出現只是為了讓我意識到它。」她將叉子放回盤裡，淡菜依然在叉子上。「哦，我非常非常的困惑，所有的雜誌都告訴我，我正處於有自我認知危機的年齡。這就是原因嗎？我墜入情網了嗎？你怎麼分辨其中的不同？你有菸嗎？」

「我去買。你抽什麼牌子的？」

「我不抽菸，哦，什麼牌子都可以，就雲斯頓吧，我想。」

我從販賣機裡買了一包菸。我打開，拿了一支給她，一支給自己。我擦開一根火柴，當我為她點菸的時候，她的手指緊握住我的手腕，指尖非常冰冷。

她說：「我有三個年幼的小孩，一個身繫囹圄的丈夫。」

「而你正開始喝酒抽菸，你現在一團亂，那沒什麼。」

「你真是個很窩心的人。我之前跟你說過嗎？那是真的。」

∞

我確定用餐時是她喝掉了大部分的酒，餐後她還點了一杯義式濃縮咖啡和一小杯白蘭地。我照樣喝咖啡和波本。我們聊了很多，也分享了許多長長的沉默；那些沉默就像我們的對話一樣表達了一切。

當我付完帳的時候已經接近午夜了。店裡的人急著打烊，但是為我們服務的女侍卻很有禮貌的沒有來打攪我們。我用小費感謝她的寬容，數目也許過多，但是我不在乎，我愛死這個世界了。

我們走出去站在第九大道上喝冷風，她發現一輪皓月並且與我分享。「就快要滿月了，真美，不是嗎？」

「是啊。」

「有時候我覺得我幾乎可以感覺月亮的引力，真傻，是不是？」

「我不知道。海洋就能感覺，所以才會有潮汐。而且，沒有人能否認月亮對人類行為的影響，所有的警察都知道這一點，犯罪率總是跟著月亮的盈缺改變。」

「實話？」

「嗯，特別是怪異的犯罪，滿月會讓人做奇怪的事。」

「像是什麼？」

「像是在大庭廣眾之下接吻。」

過了一會兒，她說：「嗯，我不知道那算奇怪，事實上，我覺得那很棒。」

∞

在阿姆斯壯，我為我們各點了一杯咖啡和波本。「我喜歡我即將得到的感覺，馬修，但是我不想睡覺；我喜歡前幾天我嘗它時的滋味。」

當崔娜送飲料來的時候，她交給我一張小紙條。「他大概一個小時前來過，」她說，「在他來之前，他打過幾次電話，他很急著要你跟他聯絡。」

我打開紙條，上面寫著道格拉斯·佛爾曼的名字和電話號碼。

我說：「謝謝，沒什麼事不能等到明天早上的。」

「他說事情很急。」

「嗯，那是他的看法。」黛安娜和我把我們的波本倒進我們的咖啡裡，然後她問我有什麼事。

「那個人曾經跟你丈夫走得很近，」我說，「他和被謀殺的女孩也走得很近。我想我知道為什麼，但是我想親自跟他談談這件事。」

「你要打電話給他，或者去找他一下嗎？別為了我而忽略了他。」

「他可以等。」

「如果你認為那很重要——」

「不，他可以等到明天。」

顯然佛爾曼不這麼認為。不一會兒電話鈴響了，崔娜接了電話，向我們這桌走過來。「又是他，」她說，「你要跟他講話嗎？」

我搖搖頭。「告訴他我來過，」我說，「就說我拿到了他的留言，而且說了早上會打電話給他，然後我喝了一杯就離開了。」

「收到。」

十或二十分鐘後我們真的離開了。我住的旅館櫃檯正由艾斯本值午夜到早上八點的班，他給了我三件留言，全都來自佛爾曼。

「不接電話，」我告訴他。「不管是誰，說我不在。」

「好的。」

「如果電話鈴響，我會以為是大樓失火，因為除此之外我不接任何電話。」

「我懂了。」

我們乘電梯上樓，沿著走道來到我的門前，我打開門後，站在一旁讓她進去。有她在我身邊，這個小房間看起來比以前更僵化無趣。

「我想過其他我們能去的地方，」我告訴她，「一個比較好的旅館或是朋友的公寓，但是我決定讓你看看我住的地方。」
「我很高興，馬修。」
「這裡還可以嗎？」
「當然可以。」
我們親吻著，彼此擁抱了很長一段時間。我聞到她的香水味，而且嘗到了她嘴唇的甜美。過了一段時間我放開她。她緩慢而慎重的繞著我的房間，檢視每一樣東西，並感覺這個地方。然後她轉向我，給我一個非常溫柔的微笑，我們便開始寬衣。

14

整個晚上我們兩人之中，只要有一個醒來，就會吵醒另一個。我最後一次起來的時候，發現我是獨自一個人。慘澹的陽光被渾濁的空氣過濾之後，使房間呈現了金色調。我下床從床頭櫃上拿起我的錶，時間已經接近中午了。

當我發現她的紙條時，我幾乎已經穿好了衣服。紙條夾在梳妝檯的鏡子與鏡框之間，她的字很整齊也相當小。我讀著：

親愛的——

孩子們是怎麼說的？昨晚是我往後要過的人生的第一夜。我有很多話要說，但是我的狀況卻讓我無法適切的表達我的思維。

請你打電話給我；打電話給我，拜託。

我從頭到尾讀了兩遍，然後將它小心的摺好，塞進錢包裡。

信箱裡只有一張留言。佛爾曼在一點半左右打了最後一次電話來，之後他顯然放棄睡覺去了。

我在大廳裡打電話給他，但是對方正在忙線中。我出去吃了點早餐，從我的窗戶望去看起來被污染的空氣，在街上嘗起來卻相當乾淨。也許是我的心情使然，我已經很久沒有感覺這麼好了。

在我喝完第二杯咖啡之後，再一次從桌旁站起來，又打了個電話給佛爾曼，他還在講話中。我回座位叫了第三杯咖啡，抽了一根昨晚我為黛安娜買的香菸。昨天晚上她抽了三、四根，每次她抽，我也跟著抽一支。我抽了半支，將剩下的菸留在桌上，第三次試著打電話給佛爾曼，然後付了帳，走到阿姆斯壯去看看他是否在或者去過那裡，結果兩者皆非。

有些事情在我的意識邊緣徘徊，嘀嘀咕咕的向我低訴。我用阿姆斯壯的公共電話再打電話給他，還是一樣的忙線聲，但是我聽起來卻覺得與平常的忙線聲不同。我打給電信局的接線生，告訴她我想知道是否有某個號碼正在與他通話，還是電話沒掛好。我碰上的這個女孩顯然不太會講英文，所以不確定如何執行我要她做的事。她說要將電話轉給她的上司，但是我距離佛爾曼的住處不過六個街口，於是我告訴她不必麻煩了。

我向他的住處出發的時候，我相當平靜，但是到了那裡的時候我卻變得非常憂心。或許我收到了某種訊號，並隨著距離縮短而增強。為了某些理由我沒有按大廳的電鈴，我向裡看，沒看見任何人，然後我便用我的提款卡把門鎖滑開。

我爬樓梯上到頂樓，途中並沒有碰到任何人，整棟大樓安靜極了。我到了佛爾曼的門口，敲敲門，喊他的名字，再敲敲門。

沒有反應。

我拿出我的卡片，看看它，又看看門，我想到防盜警鈴。如果警鈴會響，我得在警鈴大作之前打開門，我才能離開那裡。要警鈴不響，除非從門後面打開門鎖；精密的破解當然最好，但是有時蠻力也能達到同樣效果。

我向內踢門，我只踢了一腳門就開了，因為防盜鎖並未被啟動。你需要有鑰匙才能設定防盜鎖，就像你需要有鑰匙設定警鈴，而最後一個離開佛爾曼公寓的人要不是沒有鑰匙，就是懶得設定，所以警鈴並沒有響，這是件好事，但也是我即將得到的消息當中，唯一的好事。

壞消息正在裡面等著我，但是在警鈴沒有反應的那一刻，我還不知道那是什麼壞消息。在我來到這棟大樓之前我就有種感覺，不過那是直覺，當警鈴依然保持沉靜時，這種感覺變成了偵探的推論，而現在，我看到了他，這就變成冰冷、嚴酷的事實。

他死了。他躺在書桌前的地板上，看來殺手取他性命的時候，他曾經被按壓在書桌上。我不必碰他就知道他已經死了，他左後方的頭蓋骨被打得稀爛，而房間裡則充滿了死亡的腐臭味。死人的結腸與膀胱將其內容物排出在外。在交由殯葬業者整理之前，屍體聞起來就跟攫取住他們的死亡一樣腥臭難聞。

為了猜測他死了多久，我終究還是碰了他。但是他的肉是冷的，所以我只知道他起碼死了五、六個小時。我向來懶得去吸收太多法醫學的知識，蒐證小組裡的男孩們會打理這些事，而且理論上他們應該很在行，即使不及他們裝出來的一半。

我走過去將門關上，鎖已經壞了，地上有個門鏈的金屬片，我找到不鏽鋼棒，並將它裝回去。

我不打算停留太久，但是希望我在那裡的時候不會被打擾。

電話被拿了下來。房子裡沒有掙扎的跡象，所以我猜殺手故意拿開電話延遲屍體被發現的時間。如果殺手這麼聰明，那麼屋裡就不會留下指紋，不過我還是小心的不要加上我自己的，或者塗掉凶手不慎留下的。

他什麼時候被殺的？床還沒鋪過，但是也許他每天都不鋪床，獨居的男人通常都不鋪床。我來找他的時候他鋪了床嗎？我想了想，但是我發現我無法確定他有或沒有。我記得有個乾淨整齊的印象，因此床可能是鋪好的，但是我同時也對這個房間有個舒適的印象，這又足夠支援一張沒鋪好的床。我愈想愈覺得鋪沒鋪都沒什麼差別，法醫會鑑定出死亡時間，我也不急著想知道我可能從他身上得到的資訊。

於是我坐在床邊看著道格拉斯．佛爾曼，同時試著回想他明確的聲音和他的模樣。

他曾經試圖與我聯絡，一次又一次，而我不願接他的電話，因為我有一點氣惱他對我隱瞞，因為我當時正跟一個女人在一起，而她用盡了我所有的注意力。對我來說，那是個宛如小說一般的經驗，而我連一刻也不願讓它的濃度降低。

如果我接了他的電話呢？嗯，他也許會告訴我一些他此刻再也無法告訴我的事，但是他找我卻更像是他只想確認，對於他和波提雅．卡爾的關係，我猜到了些什麼。

如果我接了他的電話，他現在會活著嗎？

我可以浪費一整天的時間坐在他的床上，問我自己這樣的問題；而無論答案是什麼，我已經浪費了夠多的時間。

我鬆開門鏈，將門打開一條縫。走廊是空的，我出了佛爾曼的房間走下樓，並且走出那棟大樓，一路沒有碰到半個人。

中城北區分局——就是過去的第十八分局——就在距離我的所在之處幾個街口的西五十四街上。我從一個叫做「第二次機會」的酒吧裡打電話給警方；店裡只有兩個喝葡萄酒的客人，而顧吧台的酒保看來也是個同道中人。電話被接起之後，我給了他們佛爾曼的地址，然後告訴他們有個男人在那裡被殺了，當值勤警員很有耐性的問我名字的時候，我便掛上了聽筒。

∞

我趕忙跳上計程車。地鐵比較快，所以我搭計程車到剛過了布魯克林橋的克拉克街地鐵站，我必須詢問地鐵的方向，才知道怎麼去皮爾朋街。

這個街區的房子大部分使用褐石。李昂．曼區住的大樓高十四層，跟附近的建築比起來非常巨大。管理員是個結實強壯的黑人，三道深深的橫線劃過他的前額。

「李昂．曼區。」我說。

他搖搖頭。我拿出我的筆記本，對了一下他的地址，然後看了看管理員。

「你的地址是對的，」他說。他帶著西印度群島的口音，從他發的「a」音就很明顯可以聽得出來。「問題是，你挑錯了日子。」

「他在等我。」

「曼區先生已經不在這裡了。」

「他搬家了？」似乎不可能。

「他不想等電梯，」他說，「所以他選擇了一條捷徑。」

「你在說什麼？」

這個玩笑，我後來發現，並不失禮，他只是企圖說些難以表達的事情。現在，他放棄了這個辦法，直接說：「他跳窗了，就掉在那兒。」他指著看起來與其他部分沒什麼兩樣的一塊人行道。

「他落在那兒。」他重複了一次。

「什麼時候？」

「昨晚。」他摸著額頭，然後做了一個類似屈膝膜拜的姿勢。我不知道那是一種個人的宗教儀式，還是我不熟悉的某個宗教的一部分。「那時候是阿爾曼值班，如果我上班的時候有個人跳樓，我不知道該怎麼辦。」

「他死了嗎？」

他看著我。「你說呢？先生。曼區先生住在十四樓，你說呢？」

最近的一個，並受理這件案子的分局，位在靠近區政廳的傑羅門街上。我很幸運，認得那裡一個姓金瑟拉的警察，幾年前我曾經與他共事過；而我更幸運的是，他顯然沒聽說我在為傑瑞·布羅菲爾做事，所以他沒有理由不與我合作。

「昨晚發生的事，」他說，「事發的時候我不在，但事情看起來相當簡單明瞭，馬修。」他弄齊幾份文件，放在桌上。「曼區一個人住，我猜他是個同性戀。住在那區的單身男人，你可以自己下結論，十之八九是同性戀。」

而另外十之一二可能是廁奴。

「現在我們來瞧瞧。從窗戶跳出來，頭先著地，抵達阿德菲醫院前死亡；根據口袋中的東西和衣服標籤，以及打開的窗戶判別身分。」

「沒有親人指認嗎？」

「就我所知沒有，這裡沒有註明。你對死者身分有疑問嗎？如果你要去看，那是你的事，但是他是頭先落地的，所以——」

「我從沒見過他。他跳樓的時候是一個人嗎？」金瑟拉點點頭。「有目擊者嗎？」

「沒有。但是他留了一張紙條，在他書桌的打字機上。」

「紙條是打字的？」

「報告上沒寫。」

「我想，我能不能看看那張紙條？」

「不行，馬修。我自己也沒辦法弄到，如果你要跟負責的警官談，去找盧・馬可，他今晚會來值勤，也許他可以幫得上忙。」

「我想不要緊。」

「等一下，遺書內容抄在這兒，你看看有沒有幫助？」

我讀著：

原諒我，我不能再這樣下去，我度過了糟糕的一生。

完全沒提到謀殺的事。

可能是他幹的嗎？那得看佛爾曼什麼時候被殺，而在驗屍結果出來之前，我不會知道答案。也許曼區殺了佛爾曼，回到家，突然受到良心的譴責，於是打開窗戶——

我並不是很喜歡。

我說：「他什麼時候跳樓的，吉姆？我沒看見上面寫了時間。」

他把記錄再掃了一遍，皺起眉頭。「這上面應該要有時間的，但是我找不到。他在昨晚十一點三十五分抵達阿德菲醫院前就死亡了，不過上面沒說他什麼時間跳樓的。」

然而這會兒又不是那麼需要寫明跳樓的時間了。道格拉斯．佛爾曼最後一次打電話給我是在一點半，是在醫生宣布李昂．曼區死亡的一小時又五十五分之後。

我愈這麼想，就愈相信是如此；所有的事情開始對號入座，而曼區既不是殺佛爾曼也不是殺波提雅．卡爾的凶手。也許曼區是殺了曼區的凶手，也許他因為找不到筆，所以用打字機打了自殺的紙條，也許他的懊惱來自於對廁奴生活的憎惡。我度過了糟糕的一生——唉，誰他媽的不是？現在，他是否自殺已經變得不重要了。或許他的死是有人助了一臂之力，但我無從得知，也不必去想該如何證明了。

我知道是誰殺了另外那兩個人——波提雅和道格拉斯。我知道是誰，就像我去道格拉斯·佛爾曼的公寓之前就知道他可能死了一樣。我們稱這種知覺為直覺的產物，因為我們無法精確描繪思維的運作。當我們的意識朝向其他地方的時候，思維仍繼續進行計算和推演。

我知道凶手的名字，關於他的動機我有些強而有力的想法。在一切都結束之前，還有一些需要填補的地方，不過最困難的部分已經過去。一旦你知道你在找什麼，其他的就容易多了。

15

在我搭計程車到西七十幾街，並將我的名字報給一個大樓門房之前，時間又過了三、四個小時。這輛計程車並不是我從布魯克林回來以後搭的第一輛。我得去見好幾個人。我有過多次喝酒的機會，但是我都沒接受。我喝了點咖啡，其中有幾杯是我喝過最好的。

門房叫我，帶我到電梯口。我搭電梯到六樓，找到號碼相應的門後，敲了幾下，一位個子小小，鳥兒似的灰藍頭髮女人來開了門。我介紹了自己，她向我伸出手。「我兒子正在看美式足球賽，」她說，「你喜歡美式足球嗎？我可是一點興趣也沒有。你隨便坐，我去告訴克勞德你來了。」

不過，沒有必要告訴他了，他就站在靠近客廳的走道上。他在白襯衫外面穿了一件棕色開襟背心，腳上穿著室內拖鞋，肥短的拇指勾在腰帶上。他說：「午安，史卡德先生。這邊請。媽，史卡德先生和我在書房。」

我跟著他進了一個小房間，房間裡有幾張鋪滿軟墊的椅子，排放在彩色電視機四周。大大的電視螢幕上，一個東方女孩正拜倒在一瓶男性古龍水前面。

「有線電視，」羅比爾說，「可以讓收視絕對完美，而每個月只要花一點點錢。訂有線電視之前，從來沒有真正對收視狀況滿意過。」

「你在這裡住很久了？」

「大半輩子。嗯，也不完全是。我大概一歲半或兩歲時搬來這裡，當然那時我父親還活著，這本來是他的房間，他的書房。」

我環顧四周，牆上印著英國式狩獵圖案，掛著菸斗架和一些裱了框的照片。我走過去關上門，羅比爾注意到了，但是沒有表示意見。

我說：「我跟你的雇主談過了。」

「普傑尼恩先生？」

「對。他很高興聽到傑瑞．布羅菲爾即將獲釋，他說他不確定自己能從布羅菲爾的證詞中得到多少好處，但是他很高興這個人不會因為他沒有犯下的罪行而被定罪。」

「普傑尼恩先生是個好心腸的人。」

「是嗎？」我聳聳肩。「我自己倒不這麼覺得，但是我確定你比我了解他。我感覺，他之所以樂見布羅菲爾洗刷冤情，是因為這讓他的組織看起來比較有面子，所以他一直希望布羅菲爾能洗刷罪嫌。」我仔細觀察他。「他說，如果他早一點知道我在幫布羅菲爾，他會很高興。」

「是喔。」

「嗯，他是這麼說的。」

羅比爾向電視機移近了一些。他將一隻手放在電視機上面，然後垂眼看著他的手背。「我剛才在喝熱巧克力，」他說，「星期天是我休養生息的日子。我穿著舒適的舊衣服坐著，一邊看電視上的體育節目，一邊喝熱巧克力。我猜你大概不會想來一杯吧？」

「不，謝了。」

「喝杯什麼強勁一點的？」

「不。」

他轉過身來看著我，小嘴兩邊的法令紋現在似乎更深刻了。「當然我不能一有什麼小事發生就去煩普傑尼恩先生，我的作用之一就是幫他擋掉瑣事。他的時間很寶貴，有太多太多的事情要來瓜分他的時間。」

「於是你昨天就沒有費事打電話給他。你告訴我你跟他談過，但是你沒有。你還警告我要透過你問話，免得激怒普傑尼恩。」

「我只是在做我的工作，史卡德先生。我有可能判斷錯誤，沒有人是十全十美的，我也沒說過我是。」

我傾身關掉電視。「電視讓人分心，」我解釋，「我們兩個都應該專注於這件事。你就是凶手，克勞德，恐怕你是逃不了了。你為什麼不坐下來？」

「這是個荒謬的指控。」

「請坐。」

「我站著很舒服。你剛做了一個完全無稽的控訴，我完全不懂。」

我說：「我想我一開始就應該想到你，但是其中有個問題：無論是誰殺了波提雅．卡爾，他都該與布羅菲爾有某些關聯，她在他的公寓被殺，所以她應該是被一個知道他住在哪裡，而先用調虎離山計將他引到灣脊的人殺害的。」

「你假設布羅菲爾是清白的，但我依然找不出任何理由可以肯定這一點。」

「哦，我有一打的理由認定他是無辜的。」

「即便如此，難道那個叫卡爾的女人不知道布羅菲爾的公寓嗎？」

我點點頭。「事實上，她知道。不過她不可能帶凶手去那裡，因為她在去那裡的路上已經失去意識。她是在頭部遭重擊之後被刺死的；她肯定是在別的地方先被敲暈才合乎邏輯，否則凶手會一直打到她斷氣為止才是，他不會停下來去拿刀子。你的做法是，克勞德，先在某處敲昏她之後，再把她帶到布羅菲爾的公寓，而去他的公寓之前，你已經處理掉你用來擊昏她的東西，所以你用刀子完成你的工作。」

「我想我要喝杯熱巧克力，你確定不要來一點？」

「確定。我不願相信是某個警察為了設計布羅菲爾，而殺害了波提雅．卡爾，雖然所有的事情都指著那個方向，但是我不喜歡那種感覺。我比較喜歡這個想法：設計布羅菲爾只是個方便脫罪的方法，其實凶手的目的是要除掉波提雅。不過，他是怎麼知道布羅菲爾的公寓和電話號碼呢？我只要找到跟這兩個人有關聯的人就行了。然後我找到了，但是卻沒有明顯的動機。」

「你指的一定是我，」他冷靜的說，「因為我確實沒有動機。我並不認識卡爾這個人，對布羅菲爾也不熟悉，所以你的推論站不住腳，不是嗎？」

「不是你，是道格拉斯．佛爾曼。他準備為布羅菲爾代筆寫書，這就是為什麼布羅菲爾會成為密告者的原因——他想成為重要人物，然後寫一本暢銷書。他從波提雅．卡爾那裡得到這個靈感，因為她更想寫一本『快樂應召女』之類的書。佛爾曼因此有了兩頭玩的念頭，於是與卡爾接觸，看看他是否也能替她寫書。這事將他們倆串在一起——一定是這樣——但是，那不是殺人動機。」

「那你為什麼選上我？因為你不認識其他人？」

我搖頭。「在我真的知道為什麼之前，我就知道是你殺的。我昨天下午還問你是否知道任何有關道格拉斯．佛爾曼的事，你卻對他熟悉得足以在昨晚去他家把他幹掉。」

「太了不起了，這下我成了殺掉一個我從沒聽過的人的凶手了。」

「否認是沒用的，克勞德。佛爾曼對你而言是個威脅，因為他曾經與他們倆談過，就是卡爾和布羅菲爾。他昨晚曾試著與我聯絡，如果我有時間見他，也許你就不能殺他了。不過你也許還是會，因為他不曉得自己知道什麼；你就是波提雅．卡爾的客戶之一。」

「這是個污穢的謊言。」

「也許很污穢，我不知道。我不知道你跟她做什麼，或者她跟你做什麼，我可以做些專業的猜測。」

「他媽的，你是個禽獸。」他沒有提高聲音，但是聲音裡帶著極端的憎惡。「我真感謝你沒有在我母親在場的時候說這些話。」

我看著他，一開始他很有自信的看著我的眼睛，後來他的臉卻像要溶化似的，而所有的堅定也都從臉上跑掉了。他的肩膀下垂，看起來一下子變老又變小了，就像個中年模樣的小男孩。

「納克斯．哈德斯提知道，」我繼續說，「所以你殺了波提雅．卡爾也沒用。我大概猜得出事情始末，克勞德。當布羅菲爾在普傑尼恩辦公室現身後，你知道的可不光是警察貪污這些事；透過布羅菲爾，你知道波提雅．卡爾是納克斯．哈德斯提的囊中物，波提雅．卡爾為了避免被驅逐出境，會將她的顧客名單交給哈德斯提。你也在她的名單上，你知道她遲早會把你交給他。

「於是你讓波提雅告布羅菲爾，指控他勒索，你要給他一個殺她的動機，而這很容易搞定。你打電話給她時，她以為你是個警察，所以要讓她跟著你走很容易。無論如何，你讓她很害怕，妓女都很容易害怕。

「這時候你很漂亮的設計了布羅菲爾，你甚至不需要特別花心思在謀殺上面，因為警方會非常急著將案子與布羅菲爾連在一起。你在把波提雅騙到格林威治村的同時，將布羅菲爾引到布魯克林去；然後你擊昏她，並且把她拖到他的公寓，殺了她。你離開那裡，把凶器丟在一個水溝裡，洗了手，回家找媽媽。」

「別把我媽扯進來。」

「我提到你母親讓你很困擾，是吧？」

「對，沒錯。」他將雙手握在一起，就像要控制它們。「那讓我非常困擾，這就是你之所以提的原因，我猜。」

「不完全是，克勞德。」我吸了一口氣。「你不該殺她的，一點意義也沒有。哈德斯提已經知道你的事，如果他一開始就公開你的名字，就可以省掉很多時間，而佛爾曼和曼區可能還活著，但是——」

「曼區？」

「李昂・曼區。看起來像是他殺了佛爾曼，不過時間不對；接著我又猜到可能是你布置的，但如果真是你設計的話，會做得更好；你會按照正確的順序把他們殺了，不是嗎？先殺佛爾曼再殺曼區，而不是反過來。」

「我不知道你在說什麼。」

這一刻他顯然不知道，因為他的語氣明顯的不同。「李昂・曼區是波提雅客戶名單上的另一個名字，他也是納克斯・哈德斯提進入市長辦公室的管道。我昨天下午打了電話，並且約好去見他，我猜他無法面對這事；他昨晚從窗戶跳樓了。」

「他真的自殺了。」

「看起來是這樣。」

「有可能是他殺了波提雅・卡爾。」他不是爭辯而是思考過了。

我點頭。「他是有可能殺了她，沒錯，但是他不可能殺了佛爾曼，因為佛爾曼在曼區被宣告死亡之後，還打了好幾通電話。你知道這意味著什麼嗎？克勞德。」

「什麼？」

「你不要碰那個小作家就沒事了。你不可能知道，但是其實你只要放過他就沒事了。曼區留了一張紙條，他沒有說明要自殺，但是也可以解讀成他要自殺，起碼我一定會這樣解讀，然後盡所有可能把卡爾的謀殺案釘在曼區的屍體上。如果我搞定了，布羅菲爾就沒罪，如果不是，他就得接受審判，無論是哪一樣，你都會很自由的在家，因為我會判定曼區是凶手，而警察已經認定了布羅菲爾，這世界上就沒有人會來找你了。」

很長一段時間，他不發一語。然後他瞇起眼睛說：「你想套我話。」

「你已經被套出來了。」

「她是個魔鬼，是個猥褻的女人。」

「而你是上帝的復仇天使。」

「不，不是這樣，你想陷害我，那是沒有用的，你無法證明任何事情。」

「我不必。」

「哦？」

「我要你跟我去警察局，克勞德。我要你去自首，說你殺了波提雅．卡爾和道格拉斯．佛爾曼。」

「你一定是瘋了。」

「沒有。」

「那你一定是認為我瘋了，我幹嘛要做這樣的事情？就算我真的殺了人——」

「省省力氣吧，克勞德。」

「我不懂。」

我看看我的錶，時間還早，而且我覺得自己好像幾個月沒睡了。

「你說我無法證明什麼，」我告訴他，「我告訴你，你說得沒錯。但是警察可以證明，不是現在，而是在他們花些時間挖掘之後。納克斯．哈德斯提可以證實你是波提雅．卡爾的客戶之一，當我告訴他事關謀殺案，他就給了我這條訊息，而他很難讓這份名單不上法庭。同時你最好相信有人在格林威治村看見你和波提雅，並且在你殺佛爾曼的時候，在第九大道看到你。事件總是會有目擊者，而當警方和檢方同時出擊的時候，目擊者就會出現。」

「那就讓他們出現，如果他們存在的話。我為什麼要去自首讓他們撿現成的？」

「因為你可以讓你自己好過，克勞德，好過很多。」

「這沒道理。」

「如果警方去挖，他們會發現一切的，克勞德，他們會發現為什麼你去找波提雅．卡爾。現在還沒有人知道；哈德斯提不知道，我不知道，沒人知道。但是如果他們去挖，他們就會發現，然後報紙上就會有些影射，人們就會懷疑一些事情，也許他們懷疑的情況會比事實上更糟——」

「別說了。」

「每個人都會知道為什麼，克勞德。」我將頭傾向關上的房門。「每一個人。」我說。

「去你的。」

「你也可以瞞著她這件事，克勞德。當然，自首還可以讓你獲判較輕的刑責。理論上一級謀殺應該是不能減刑的，但你知道法庭遊戲是怎麼玩的，至少對你不會有壞處。不過我想那不是你最關心的點，對嗎？我想你希望自己免於陷入某些醜聞，我說得沒錯吧？」

他張了嘴，但是什麼話也沒說又闔上。

「你可以讓你的動機成為祕密，克勞德，你可以編故事，或者拒絕解釋，沒有人會壓迫你，只要你承認殺了人。你身邊的人可能知道你犯了殺人罪，但是他們不必知道你生活中其餘的事情。」

他將他那杯巧克力舉到嘴邊，啜了一口，又放回小碟子上。

「克勞德——」

「你可以讓我想一想嗎？」

「好。」

我不知道我們就這樣過了多久，我站著，他坐在沉默的電視機前。大概過了五分鐘，他嘆了一口氣，在曳步之中脫掉他的拖鞋，走過去換了雙皮鞋。他綁好鞋帶站起來，我走到門邊開了門，然後閃身站在一旁讓他先進客廳。

他說：「媽，我出去一下，史卡德先生要我幫忙，有些重要的事情。」

「哦，可是你的晚餐，克勞德，幾乎準備好了。或許你的朋友願意跟我們一起用？」

我說：「我恐怕不行，羅比爾太太。」

「沒有時間了，媽。」克勞德同意我的說法。「我得在外面吃。」

「好吧，如果非得這樣的話。」

他正了正肩膀，走到玄關的衣架上去拿外套。「這個時候你得穿上你的大衣，」她告訴他。「外面變冷了。外面很冷的，是不是？史卡德先生。」

「是的，」我說，「外面非常冷。」

16

我的第二趟「墓穴」之旅跟第一次非常不同。去的時間都差不多，大概都是早上的十一點，但是這一次我睡了很好、很足的一覺，前一晚也只喝了很少的酒。第一次是我去牢房裡看他，現在我在櫃檯處見他和他的律師。他將所有的緊張和沮喪都留在牢房裡，看起來像個打了勝仗的英雄。

我走進去的時候，他和塞爾頓．沃克已經在那裡了；布羅菲爾滿面春風的看著我。「我兄弟來了。」他大叫著。「馬修，親愛的，你是最棒的，絕對是最棒的。如果我這輩子做了一件什麼聰明事，那就是我找上你。」他用力握我的手，對著我笑。「我有沒有告訴你我要離開這個屎坑了？你就是那個讓我出獄的人吧？」他有什麼陰謀似的斜著頭，聲音低得接近耳語。「而我是個知道怎麼答謝的人，你知道我說真的，你很快就會拿到獎金了，兄弟。」

「你付給我的已經夠了。」

「夠了才怪！一條命值多少錢？」

我過去經常問自己同樣的問題，不過卻是用不同的方式，我說：「我等於一天賺五百美金，可以了，布羅菲爾。」

「叫我傑瑞。」

「當然。」

「不過我還是要說，你會有獎金。你見過我的律師塞爾頓．沃克？」

「我們電話裡談過。」我說。沃克和我握了手，彼此禮貌的寒暄。

「好吧，時間差不多了，」布羅菲爾說，「我猜要來的記者已經等在外面了，你們說呢？如果他們有人錯過了，下一次他們就知道要準時。黛安娜和車子一起在外面嗎？」

「她在你指定的地方等著。」律師告訴他。

「太好了。你見過我太太了吧，馬修？你當然見過，我給了你一張紙條，讓你帶去給她。你找個女伴，我們四個人這幾天找個時間吃晚餐，我們應該對彼此有更進一步的認識，我們大家。」

「我們一定得這麼做。」我同意。

「嗯。」他說。他撕開一個牛皮紙袋，將裡面的東西倒在桌子上。他將皮夾放進口袋，把手錶戴在手腕上，汲起一把銅板裝進衣袋，然後將領帶圍在頸子上，再塞進襯衫領子下面，仔細的打好它。「我有告訴你嗎？馬修？我以為我得打兩次，不過我想這個結打得還可以，你說呢？」

「看起來不錯。」

他點頭。「是啊，」他說，「我覺得它看起來相當好。好吧，我告訴你，馬修，我感覺很好。我看起來如何，塞爾頓？」

「很好。」

「我覺得像個百萬富翁。」他說。

∞

對於記者他應付得很好。他回答他們的問題，在真誠和自大之間取得良好的平衡，在他們還有問題要問他的時候，他閃過一個無人能比的微笑，如勝利者般的揮揮手，推開那些記者，進了他的車子。黛安娜踩下油門，他們開到底轉過街角，我站在那裡，直到看不見他們為止。

她當然要來接他，她可能會輕鬆個一兩天，然後讓他知道現狀。她曾經說她不覺得他會是很大的問題，她很確定他不愛她，因此她在他的生命中早已不再重要。不過我會給她幾天時間，到時她就會打電話給我。

「哇，這真是太精采了，」一個聲音在我背後說，「我想也許我們應該朝這對快樂佳偶拋米粒之類的。」

我沒有轉身便說：「哈囉，艾迪。」

「哈囉，馬修。美麗的早晨，不是嗎？」

「不算差。」

「我猜你感覺很不錯。」

「不是太糟。」

「來支雪茄？」艾迪．柯勒隊長沒等我回答，便放了一支雪茄在他嘴裡，並且點火。他用了三根火柴才點燃，因為風吹熄了前面兩根。「我應該弄個打火機，」他說，「你仔細看過布羅菲爾之前用的那個打火機嗎？看起來很貴的樣子。」

「應該是吧。」

「我看像是金的。」

「也許，雖然純金和鍍金看起來幾乎一樣。」

「但是價錢不一樣，對吧？」

「一般來說是不一樣。」

他微笑，伸出一隻手抓住我的上臂。「噢，你這龜兒子，」他說，「讓我請你一杯，你這老龜兒子。」

「對我來說太早了，艾迪。也許喝杯咖啡吧。」

「更好。什麼時候開始請你喝酒會嫌早了？」

「哦，我不知道，也許我以後會少喝一點，看看有什麼不同。」

「是嗎？」

「嗯。總之，我會試一陣子。」

他打量著我。「你聽起來有一點像以前的你，你知道嗎？我不記得上一次你聽起來像這樣是什麼時候。」

「別扯太遠了，艾迪。我只是少喝一杯酒而已。」

「不，還有別的，我無法指出是什麼，但就是有些不同。」

我們去了一家在瑞德街的小店，點了咖啡和丹麥麵包。他說：「嗯，你讓那雜種出獄了；我討厭看見他被放出去，但是我不能關著他跟你作對。你把他弄出去了。」

「他一開始就不該被關在裡面。」

「是啊。嗯，那是另外一回事，不是嗎？」

「嗯。你應該很高興事情是這樣收場，他對艾柏納．普傑尼恩不會有太大的用處，因為接下來這陣子，普傑尼恩會保持低調。他現在狀況不太好，他的助理剛因為殺了兩個人，並且嫁禍給艾柏納的明星證人而被逮捕。你一直在抱怨他喜歡在報紙上看見自己的名字，我想這幾個月他會試著不讓自己的名字上報，你不認為嗎？」

「有可能。」

「納克斯．哈德斯提看起來也不太好。在社會大眾的矚目這方面，他不必太擔心，但是他不太會保護自己的證人之類的話一定會傳出去。他找到卡爾，而卡爾把曼區交給他，結果他們倆都死了，當你需要讓人與你合作時，這可不是個好記錄。」

「不過他可沒有讓警局困擾過，馬修。」

「只是還沒有，但是在普傑尼恩沉寂下來的時候，他可能會想進來插手。你知道是怎麼回事，艾迪。當他們想上頭條的時候，他們就拿警察開刀。」

「是啊，這倒是他媽的事實。」

「所以我做的這些對你來說也不算太壞，對吧？這個結果對警局並不差。」

「對，你幹得不錯，馬修。」

「是啊。」

他拿起雪茄抽了一口，但已經熄掉了。他用一根火柴點燃它，看著火柴幾乎要燒到手指頭了，才把火柴搖熄，丟進菸灰缸。我咬了一口丹麥麵包嚼著，然後喝了一口咖啡將它嚥下。

我可以少喝點酒——當我想起佛爾曼，而我本來可以接他的電話，或者當我想起曼區和他的墜地而死。我的電話不可能置曼區於死地，哈德斯提一直在對他施壓，多年來他一直背負很多的罪惡。但是我卻沒有幫他，如果我沒有打電話給他——

除非你能讓自己不這樣想。你必須做的是提醒自己，你逮到了一個殺人凶手，並且讓一個無辜的人遠離監獄。你永遠不會全盤勝利，當你輸掉某一個時，你不該責備自己。

「馬修？」我看著他。「前幾天晚上我們談過的事，在你常去的那個什麼酒吧？」

「阿姆斯壯。」

「對，阿姆斯壯。我說了一些不必要說的話。」

「哦，誰他媽的在乎那些，艾迪。」

「沒有讓你不舒服？」

「當然沒有。」

他停頓了一會兒。「嗯，有幾個傢伙知道我今天會過來，我知道你可能會在這裡，於是他們就要我告訴你，他們並非對你有什麼不悅，整體來說，從來沒有。當時他們只是希望你不要跟布羅菲爾扯在一起，如果你懂我的意思。」

「我想我懂。」

「而他們希望你對警局不會有不好的感覺，就這樣。」

「完全不會。」

「嗯，我也是這樣想。不過我想我寧願攤開來說，並且確定一下。」他將手伸到額邊，撥他的頭髮。「你真的想少喝點酒嗎？」

「可能會試試。幹嘛？」

「我不知道。也許你準備好再次加入人類競爭了？」

「我從沒退出過，我有嗎？」

「你知道我在說什麼。」

我沒說話。

「你證明了某些事情，你知道。你依然是個好警察，馬修，那是你真正擅長的。」

「所以呢？」

「當你帶著警徽的時候，比較容易做個好警察。」

「有時候反而更難。如果過去這一週我有警徽的話，可能有人會叫我鬆手。」

「對，有人這樣告訴你，你也不會聽。不管你有沒有警徽，你都不會聽，我說的對嗎？」

「也許，我不知道。」

「要有個好警局的最好方法就是把好警察留在那裡，我他媽的真希望看到你回到警界。」

「我想我不會了，艾迪。」

「我不是在叫你做決定，我是說你可以考慮一下。接下來你可以好好想一陣子，不是嗎？當你一天的生活不是醉醺醺的度過，也許這個提議會變得有點道理。」

「有這個可能。」

「你會考慮嗎？」

「我會想一想。」

「嗯。」他攪拌他的咖啡。「最近有跟孩子們聯絡嗎？」

「他們很好。」

「嗯，那就好。」

「這個星期六我會帶他們出去，童軍團有個親子活動，吃橡皮雞似的晚餐，然後去看籃網隊的球賽。」

「我永遠不會對籃網隊有興趣。」

「他們應該會是支不錯的隊伍。」

「對呀，別人也這樣告訴我。嗯，即將見到孩子們是件很棒的事。」

「嗯。」
「也許你和安妮塔——」
「別說了，艾迪。」
「是啊，我說得太多了。」
「反正，她已經有別人了。」
「你不能期待她坐在那裡等。」
「我沒有，我也不在乎，我自己也有別人了。」
「哦，認真的嗎？」
「我不知道。」
「我猜是，慢慢來，看事情會怎麼發展吧。」
「就是這樣。」

∞

那天是星期一。接下來的幾天，我常常走很長的路散步，並且花很多時間待在教堂裡。我會在晚上喝幾杯酒，讓自己容易入睡，但是就任何意義和目的而言，我都不是真的喝很多。我四處走，享受好天氣，持續的注意我的電話留言，並且在早上看《紐約時報》，在晚上讀《郵報》。

經過一段時間之後，我開始懷疑為什麼我沒有接到我在等待的電話留言，但是我沒有難過到拿起電話來，自己打電話過去。

然後在星期四下午兩點左右，我獨自走著，沒有特別要去哪裡。當我經過一家在五十七街處第八大道轉角的報攤時，剛好瞄到《郵報》的頭版標題。我通常會等著買比較晚印的版本，但是那個標題吸引我買了它。

布羅菲爾死了。

17

當他在我對面坐下時，我沒有抬眼就知道他是誰了。我說：「嗨，艾迪。」

「我就猜我可以在這兒找到你。」

「不是很難猜，是吧？」我揮手向崔娜示意。「你喝什麼？西格？給我朋友來一杯西格威士忌加水。我要再來點這個。」我對他說：「你沒有花太多時間就到了吧。我才來一小時，當然新聞早已跟著正午版的報紙傳到街上，但是我在一個小時之前才碰巧看到。報上說他是今天早上八點死的，對嗎？」

「沒錯，馬修，根據我看到的報告是這樣。」

「他出了門，一部新款汽車停在人行道邊，然後有人用一把短管散彈槍射了他兩槍。一個學生說拿槍的男人是白人，但是不知道在車裡的人，那個司機，是什麼樣。」

「沒錯。」

「其中一個是白人，車子是藍色的，而槍被留在現場；我不認為沒有指紋。」

「也許沒有。」

「我不認為沒有辦法追蹤那把短槍。」

「我還沒聽說，但是——」

「但是不會有任何辦法去追蹤。」

「我不認為有。」

崔娜送來喝的。我拿了我的，接著說：「敬逝去的朋友們，艾迪。」

「沒錯。」

「他不是你的朋友。雖然你可能不相信，他更不是我的朋友。但是這就是我們敬酒的方式，敬那些逝去的朋友們。以前我依你要的方式敬過了，所以你也可以照我的方式喝。」

「你怎麼說怎麼是。」

「敬逝去的朋友們。」我說。

我們喝著。經過幾天的減量之後，醉意似乎更襲人了。不過我一定沒有失去我對酒的感覺，酒喝得很順、很輕鬆，同時讓我清醒得知道自己是誰。

我說：「你想他們會查出是誰幹的嗎？」

「你要誠實的答案嗎？」

「你想我會要你騙我嗎？」

「不，我想你不會。」

「所以？」

「我不認為他們會去查是誰幹的，馬修。」

「他們會試嗎？」

「我想不會。」

「你會嗎？如果這是你的案子。」

他看著我。「嗯，我很老實的告訴你，」他想了一下之後說，「我不知道，我希望認為自己會嘗試。我想有些——我想，操他媽的，我想一定是某些自己人幹的。你他媽的還能怎麼想？是不是？」

「沒錯。」

「不管是誰幹的，他是個白癡，一個百分之百操他媽的白癡。他幹的事比布羅菲爾想對警局做的傷害更大。幹這事的人應該被吊死，而我希望能這樣想：如果這是我的案子，我會用一切方法去追這個混蛋。」他垂下雙眼：「但是老實說，我不知道我會怎樣。我想我可能會跳過這些行動，把這件案子掃到地毯下面。」

「這就是他們為什麼要在城外的皇后區動手的原因。」

「我沒有跟他們談過，事實上我不知道他們會這樣做。但是如果他們用別的方法，我可能會很吃驚，你可能也會。」

「嗯。」

「你打算怎麼做，馬修？」

「我？」我瞪著他：「我？我該做什麼？」

「我是說，你要試著去追嗎？我不知道這是不是個好主意。」

「我為什麼要這麼做？艾迪？」我手掌向上，攤開雙手。「他不是我的表親，也沒有人僱我去查誰殺了他。」

「這是真話？」

「真話。」

「你很難理解。我還以為我很懂你，結果我根本就不了解你。」他站起來，放了錢在桌上。「這回讓我請。」他說。

「再待一會兒，艾迪，再喝一杯。」

他剛才的那杯酒只碰了一下，幾乎沒喝。「沒時間了，」他說，「馬修，你不必因此再度爬進酒瓶裡，喝酒不會改變任何事情。」

「不會嗎？」

「當然不。你還有你自己的生活，你有個正在交往的女人，你有——」

「不。」

「哦？」

「也許我會再見到她，我不知道，也許不會。在這之前她就該打電話了，而在這事情發生之後，你會想，如果那感覺是真的，她早該打了電話。」

「我不懂你在說什麼。」

其實我不是在對他說。「我們在一起是天時地利。」我繼續說，「所以看起來我們的出現好像對彼此都很重要，如果我們曾經有過機會，這個機會在今天早上槍聲響起時就死了。」

「馬修，你說的話沒什麼道理。」

「對我來說很有道理。也許這是我的錯，我們也許會再見面，我不知道。但是不管我們會不會再見，事情都不會有所改變。人改變不了事情；每隔一陣子事情就會改變人，但是人不會改變事情。」

「我得走了，馬修。少喝點，嗯？」

「當然，艾迪。」

∞

那晚某時我撥了她在富理森丘的電話號碼；在我放棄並且拿回我的一角錢之前，電話響了十幾聲。

我撥了另外一個號碼，一個殘存的聲音敍述著：「七二五五。我很抱歉，現在沒人在家，如果你在訊號聲之後留下你的姓名和電話，我會盡快回你的電話，謝謝。」

訊號聲響起，該我說話了，但是我似乎想不出任何事情可說。

馬修．史卡德系列 02
在死亡之中 In the Midst of Death
作者——勞倫斯．卜洛克 Lawrence Block
譯者——黃文君
封面設計—— ONE.10 Society
編輯協力——黃麗玟、劉人鳳
業務——陳玫潾、林佩瑜、葉晉源
行銷企畫——陳彩玉、楊凱雯
總編輯——劉麗真
總經理——陳逸瑛
發行人——涂玉雲

出版——臉譜出版
104台北市中山區民生東路二段141號5樓
電話：(02)2500-7696 傳真：(02)2500-1952
臉譜部落格 facesfaces.pixnet.net/blog

發行——英屬蓋曼群島商家庭傳媒股份有限公司城邦分公司
104台北市中山區民生東路二段141號11樓
客服服務專線：(02)2500-7718；2500-7719
24小時傳真專線：(02)2500-1990；2500-1991
服務時間：週一至週五上午9:30~12:00；下午13:30~17:00
劃撥帳號：19863813
戶名：書虫股份有限公司
讀者服務信箱：service@readingclub.com.tw

香港發行所——城邦(香港)出版集團有限公司
香港灣仔駱克道193號東超商業中心1樓
電話：(852)2877-8606 傳真：(852)2578-9337 E-mail: hkcite@biznetvigator.com

馬新發行所——城邦(馬新)出版集團 Cite(M)Sdn Bhd (458372U)
41, Jalan Radin Anum, Bandar Baru Sri Petaling, 57000 Kuala Lumpur, Malaysia.
電話：(603)9056-3833 傳真：(603)9057-6622 E-mail: services@cite.com.my

初 版 一 刷 1998年9月
三 版 一 刷 2022年5月
ISBN 978-626-315-117-8

定價260元(本書如有缺頁、破損、倒裝，請寄回本社更換)

國家圖書館出版品預行編目資料

在死亡之中／勞倫斯．卜洛克(Lawrence Block)著；黃文君譯. -- 三版. -- 台北市：臉譜出版：家庭傳媒城邦分公司發行, 2022.05
面；公分. -- (馬修．史卡德系列；02)
譯自：In the Midst of Death
ISBN 978-626-315-117-8(平裝)
874.57 111005310